Tucholsky Wagner Zola Scott Sydow Freud Schlegel
Turgenev Wallace Fonatne

Twain Walther von der Vogelweide Fouqué Friedrich II. von Preußen
Weber Freiligrath

Fechner Weiße Rose von Fallersleben Kant Ernst Frey
Fichte Richthofen Frommel

Engels Fielding Hölderlin
Fehrs Faber Flaubert Eichendorff Tacitus Dumas

Maximilian I. von Habsburg Fock Eliasberg Zweig Ebner Eschenbach
Feuerbach Eliot
Ewald Vergil

Goethe Elisabeth von Österreich London
Mendelssohn Balzac Shakespeare Dostojewski Ganghofer
Trackl Lichtenberg Rathenau Doyle Gjellerup
Stevenson Hambruch
Mommsen Tolstoi Lenz Droste-Hülshoff
Thoma von Arnim Hanrieder
Dach Verne Hägele Hauff Humboldt
Karrillon Reuter Rousseau Hagen Hauptmann Gautier
Garschin

Damaschke Defoe Hebbel Baudelaire
Descartes
Hegel Kussmaul Herder
Wolfram von Eschenbach Dickens Schopenhauer
Bronner Darwin Melville Grimm Jerome Rilke George
Campe Horváth Aristoteles Bebel Proust

Bismarck Vigny Barlach Voltaire Federer Herodot
Gengenbach Heine

Storm Casanova Tersteegen Grillparzer Georgy
Chamberlain Lessing Langbein Gilm Gryphius
Brentano
Strachwitz Claudius Schiller Lafontaine
Katharina II. von Rußland Bellamy Schilling Kralik Iffland Sokrates
Gerstäcker Raabe Gibbon Tschechow

Löns Hesse Hoffmann Gogol Wilde Vulpius
Luther Heym Hofmannsthal Klee Hölty Morgenstern Gleim
Roth Heyse Klopstock Kleist Goedicke
Luxemburg Puschkin Homer
La Roche Horaz Mörike Musil
Machiavelli
Navarra Aurel Musset Kierkegaard Kraft Kraus
Nestroy Marie de France Lamprecht Kind Kirchhoff Hugo Moltke

Nietzsche Nansen Laotse Ipsen Liebknecht
Marx Lassalle Gorki Klett Ringelnatz
von Ossietzky May Leibniz
vom Stein Lawrence Irving
Petalozzi Platon Knigge
Sachs Pückler Michelangelo Kafka
Poe Kock
Liebermann Korolenko
de Sade Praetorius Mistral Zetkin

Die Landstreicherin

Oberbayrische Erzählung

Anton von Perfall

Impressum

Autor: Anton von Perfall
Umschlagkonzept: toepferschumann, Berlin

Verlag: tradition GmbH, Hamburg
ISBN: 978-3-8424-1029-9
Printed in Germany

Ziel der TREDITION CLASSICS ist es, tausende deutsch- und
fremdsprachige Klassiker wieder in Buchform verfügbar zu
machen. Die Werke wurden eingescannt und digitalisiert. Dadurch
können etwaige Fehler nicht komplett ausgeschlossen werden.
Unsere Kooperationspartner und wir von tredition versuchen, die
Werke bestmöglich zu bearbeiten. Sollten Sie trotzdem einen Fehler
finden, bitten wir diesen zu entschuldigen. Die Rechtschreibung der
Originalausgabe wurde unverändert übernommen. Daher können
sich hinsichtlich der Schreibweise Widersprüche zu der heutigen
Rechtschreibung ergeben.

Erstes Kapitel.

Die Winterstube in der Sölden, dem abgelegensten Hochtale des ganzen Reviers, war dicht besetzt. Acht Mann mußten sich in Feuerstelle und Gelieger teilen. An zweitausend Ster Nutz- und Brennholz mußten noch herabgefördert werden in das Tal. Bis Neujahr war der reinste Sommer, alles »arber«[1] bis zu höchst hinauf, und jetzt verschneite es seit Wochen jeden anderen Tag die Bahn, daß man mehr mit dem Schneeschaufeln als mit dem Holzziehen zu tun hatte.

Seit gestern war es aber ganz aus. Ununterbrochen senkte sich das dichte, schwere Geflock herab, daß der Tag gar nicht mehr durchkam; es blieb nichts übrig, als ruhig abzuwarten, und das tat man auch mit der stoischen Gelassenheit des Berglers, der mit der Natur nicht rechtet, immer im engen Verkehre mit ihr, ihre Launen und Grausamkeiten geduldig über sich ergehen läßt.

Das Holz ging nicht aus, der Tabak und der Proviant auch nicht, so war es schon zum Aushalten.

Die Alten träumten so dahin in der wohligen Wärme des Ofens, an ihren Pfeifen kauend, mit dem Behagen eines Arbeitstieres, das seine angestrengten Muskeln ausruhen läßt, – die Jungen waren unerschöpflich im Erzählen von Geschichten, gegenseitigem Hänseln, indem sie ein und denselben Stoff unzählige Male hin und her wälzten, ihren kurzen, längst verbrauchten Wortschatz immer wieder von neuem aufschüttelten.

Die Nacht war eingefallen, wenn überhaupt von einem Tage die Rede sein konnte. Man hatte abgekocht und saß um die Feuerstelle. Die gefüllten Mägen verliehen neue Lebenswärme.

Der »Zigarrentoni«, ein verwegen aussehender, schwarzer Bursche in mittleren Jahren, Tiroler, dem kurzen, karrierten Wolljanker nach, den er trug, spielte einen Landler auf der Mundharmonika. Er weckte lustige Erinnerungen an »Hax'n schlag'n und Kirchweih«, eine gewisse Sehnsucht an die fetten sommerlichen Weiden auf der Post, beim Wirt in der Klamm, an den Holzknechtball in T ..., wel-

---

[1] Schneefrei.

cher den festlichen Abschluß bildete. Rote Flanellröckerln, schlohweiße wollene Strümpfe, fein ausgenähte Schücherln, grelle Mieder, blonde und schwarze Zöpfe gaukelten vor den Augen der Jungen.

Das Leitmotiv war gefunden.

Der Zigarrentoni hatte Erfolg mit seinen tollen Geschichten, die er nun losließ.

Schallendes Gelächter begleitete jede, das immer rasch abgebrochen wurde, um mit offenem Munde auf einen neuen Anlaß zu warten; auch die Alten schmunzelten und horchten zu.

Der Zigarrentoni war ein ausgemachter Verächter des weiblichen Geschlechtes; er konnte ihm gar nicht Schlechtes genug nachsagen und brachte das alles mit einer Überlegenheit heraus, die sichtlichen Eindruck machte.

Das war einmal einer, der 's auskost' hat, der net alleweil d'rum 'rumschleicht wie die Katz' um den Brei – der's Anpacken versteht – und »g'rad' um das handelt sich's!« erklärte er seiner dankbaren Zuhörerschaft, »g'rad' darum! Da meinst, weiß Gott, was dran war an dera Liab, von der s' alleweil red'n und singa, halt was ganz B'sonderes und Fein's, was »Göttliches« hat der Student g'sagt, der beim Pfarrer g'wohnt hat, und bald d' as packst bei der Krips, nachher – no nachher hast an abg'riff'nan Pfennig in der Hand anstatt an Goldstück'l!«

Der Vergleich war verständlich. Allgemeines Gelächter. Recht hat er schon, der Toni, sogar die Alten nickten.

Das ermutigte ihn nur. »Aber so is mit all dem Sach', was ma' so glaubt, wenn ma' no der Dumm' is, mit d'n Teuf'l, mit die Geist'r – mit mehra no, was in die Büach'ln steht, mit Himm'l und Höll' –«

»Und mit dem Herrgott z'letzt a no', wenn ma' di' anhört!« ließ sich jetzt eine Stimme aus dem dunkelsten Winkel hören.

Ein junger, sehnig gebauter Mann sprang von dem Hackstock, auf dem er bisher schweigend gesessen; rötlich blondes Haar umgab in dichtem, kurzem Gelock die breite klare Stirne, die in ihrem festen, gedrungenen Bau einen starken Willen, aber auch zähe Verschlossenheit verriet.

Der Zigarrentoni zuckte höhnisch lachend die Achseln. »Das kann a jeder halt'n«, wia er will – du freili –«

»Was i freili? Um kein Haar glaubst du weniger als i, g'rad aufdrah'n möchst und der G'scheitere sei', – 's gibt ja gar kein', der net glaubt, 's kann kein' geb'n – das sag' i –«

»An d' Liab und an d' Teufl?« fragte der Zigarrentoni spöttisch.

Der alte Baperl, ein Mandl wie eine alte Wurzel, bekreuzigte sich rasch.

»Hast d's denn a scho' anpackt die zwoa – die ei' beim ›Firta‹,[2] den andern bei die ›Hörner‹?«

»Brauchst 's a gar net,« erwiderte der Blonde, »i hab viel net anpackt, was do da is –«

»Aber i hab's anpackt, Narr. Soll i 's euch verzähl'n – ja? – Also. –«

Man rückte lachend näher, daß die Köpfe dichtgedrängt im Feuerschein anglühten, nur der Zigarrentoni blieb im Dunkel zurückgelehnt, er setzte seine gestrickte Wollhaube noch schiefer, strich sich seinen spitzen schwarzen Vollbart, lachte wie in Erinnerung verloren in sich hinein und begann:

»Hüaterbua war i no auf der Grindl, im Tirolischen drent, a Rotzer, a richtiger no, a Madl war für mi damals wia an anderes Leut', net umg'schaut hab' i drum, mehr no, schmecka hab' i's net könna. – Auf der Alm war a alter Schweizer, a grantiger Teuf'l, aber liab'r war's mir do', als an Weibsbild diena müass'n. Da komm' i mal beim Gaissuach'n bis ins Bayerische 'nüber, – begegnet mir a Dirnd'l im Sonntagsstaat, blutjung, aber schö' – scho' damisch schö' – drein g'schaut hat s' wia s'Christkind'l selb'r in der Kripp'n, – und derschrock'n is, wia i aus die Latsch'n abi spring auf d'n Steig. Wohin denn nachher? frag' i. Da hat s' das Köpferl 'nein druckt und ganz rot is s' word'n. D' Almerin is krank word'n, sagt s', da hat mi d' Muatt'r – da hat s' aufg'schaut. Das war was, Leut! Wenn i hundert Jahr alt werd', könnt' i's net vergess'n, – g'rad als ob der ganze Himm'l aufgang.«

---

[2] Schürze.

Der Zigarrentoni machte eine lange Pause, die Pfeife war ihm ausgegangen; die Hand in den schwarzen Bart vergraben, starrte er in das Feuer.

Jung und alt hing an seinem Munde, auch der Blondkopf war näher getreten.

»Nachher bin i mitganga auf d' Alm, gered't hab' i nix, g'rad hinterher bin i ganga und ang'schaut hab i's. »B'suach mi a mal,« hat s' g'sagt, ganz schüchtern, »tat mi freu'n.« Goas[3] hab i keine heim 'bracht. – Wie i dann am Heu g'leg'n bin, is mir erst komma. Da is d' Liab, von der s' so viel Wesen mach'n, nix anders. –

Von der Zeit an war i kein Goasbua mehr – ganz was Seltsam's ist mir in die Glieda g'schoss'n – als wenn d' ganze Welt zu kaufn wär'; und ganz fromm bin i 'word'n, jawohl, bet' hab' i wied'r. Nachher hab' i's an an Sonntag b'suacht in mein' neu'n G'wand. Das war a Tag, g'redt hab' i wied'r nix, g'rad ang'schaut hab' i 's und d' Hand druckt und so g'schami is g'wes'n; d'erschlag'n hätt i' mi' liab'r lass'n auf an Fleck, als g'rad a Buss'l wag'n. Dann bin i wied'r 'ganga, mit an glühheiß'n Kopf, und an Juhschrei hab' i' tan, als soll'n sie's bis ›Münga‹ 'nein hör'n. Das is d'Liab, hab' i mir denkt, d' Leut' hab'n scho' recht, – s' schönst' is scho' auf der ganz'n Welt.«

»Na also! Ja, der Toni –« rief man dazwischen, sichtlich enttäuscht von der Erzählung.

»Halt's auf, d' Hauptsach' kimmt ja erst.«

Der Toni drückte sich noch weiter in die Ecke zurück.

»Am Samstag hab' i' mi' wied'r aufg'macht, hart daß i 's derlitt'n hab' d' Woch' umma. A Wett'r is anzog'n, blitzt und donnert hat's und goss'n grad abi. Waschnaß komm' i auf d' Alm. D' Lad'n, die Tür'n all' zua. Vor'm Wett'r, natürli. Schleichst di' an, denk i – eina in d' Stub'n und g'halst und busselt. G'rad hoaß is mir aufg'stieg'n bei dem Gedanka. Scho' bin i auf der ›Bühn‹, da hör' i lach'n, wispern im Stübei drinn. A Lad'n hat net guat g'schloss'n, i schaug 'nein, – wer sitzt drinn? Der schwarze Jagerfranz'l, 's Dirndl auf sein Schoß. I wisch' mir d' Aug'n; das kann do' dei' Reserl net sein, das Weibsbild mit dem frech'n G'lacht'r, mit den sündhaft'n Aug'n, die

---

[3] Geis.

'hn g'rad g'fressen hab'n, den Schandjaga. – Wisch' mir's no amal, – druck's an d' Scheib'n, – sie war's scho' – 's Reserl, das i mir net an-z'rührn traut hab', – war's scho'! Dann hat s' mein' Nam' g'nannt, und alle zwei haben's g'lacht, ganz narrat g'lacht und i – i hab' a g'lacht, ganz narrat g'lacht – und bin davon g'loff'n über d' Liacht'n, – bis unter die große Feucht'n, da hab i verschnauf'n woll'n, mir die ganze Sach' z'recht leg'n, da geht die Almtür, – der Jaga kommt außa mit sein' rot'n Hund, spekuliert umanand, steigt aba gegen mi'. – Da hab' i mein' Bergstock 'packt und hab' ang'legt auf ihn. Wenn du jetzt a Buchs wärst, is aufg'stieg'n in mir, – und nach-g'fahr'n bin i, wia auf a Stuck Wild, 's war mir g'rad, als ob der Teu-fel selb'r hinter mir stand ruafet ›schiaß‹. Ganz kalt is mir 'word'n, z'letzt geht der Steck'n a los, wenn der Schwarze will, denk' i und setz' ab –«

Der Zigarrentoni schwieg plötzlich und zündete seine Pfeife am Feuer an.

»No und weiter? Jetzt muaßt scho' auserzähl'n!« ging von allen Seiten die Aufforderung.

»Weiter!« begann der Toni, – »das will i scho' verzähl'«. D' Woch' d'rauf is s' Reserl auf mein' Schoß g'sess'n. Is oan Ding, hab' i mir denkt, wenn's scho' net anders is. S'Monat d'rauf is aus dem Steck'n a wirkliche Buchs worden, und wenn wir z'samm troff'n wär'n, der Jagafranzl und i – der Teufl hätt' net lang z'ruafn 'braucht ›schiaß‹, 's hätt' so a g'langt. Zum Glück hab'n s' 'hn versetzt, und die G'schicht war aus. Laß d's jetzt gelt'n, Ambros, daß i alle zwo anpackt hab', die Liab und den Teuf'l?«

Wieder bekreuzigte sich der alte Baperl, so andächtig er auch der Erzählung gelauscht.

Der Blonde aber trat auf den Zigarrentoni zu und legte ihm die Hand auf die Schulter. »No mehr laß' i dir gelt'n, Toni, a das –, daß ma' so a Load sein Lebtag nimmer vergess'n kann.«

»Nimma vergess'n kann, – i?« Der Zigarrentoni lachte in einer ge-zwungenen Weise. »Da kommst schön an, all's hab' i vergess'n, aber gar all's, d' Liab und den Teufl, den Himm'l und Höll' – und grad 'raus, wenn du 's do wissen willst – den Herrgott a!«

Man lachte nicht mehr. Der Baperl bekreuzigte sich zum dritten Male, stand auf und ging kopfschüttelnd der Kammer zu.

»Toni, gib' Obacht!« warnte der Blonde, »i mein' alleweil –«

Doch er sprach nicht aus. Alle Köpfe hoben sich mit einem Ruck, und der Toni sprang jäh von seinem Sitze. Ein seltsamer Ton drang herein, ein langgezogener, jämmerlicher Schrei. Er wiederholte sich mit gesteigerter Anstrengung, um dann ermattet zu ersterben.

Man blickte unwillkürlich auf Toni. Der Schauer des Geheimnisvollen ging durch den Raum, die frevelhaften Worte, die man eben gelassen angehört, lasteten auf allen.

»No, Toni,« meinte der Baperl, dessen Antlitz am wenigsten Unruhe verriet, »was d'rschreckst denn so?«

»I? Da lach i. Wird halt a Stuck Wild sein, das nimmer weiter kann im Schnee.«

Da ertönte wieder der Schrei – näher – ganz nahe – ein menschlicher Schrei, kein Zweifel –

Jetzt gab es keine Frage, kein Bedenken mehr; der Blonde war der erste draußen im Schneegestöber, das sich immer noch gleichmäßig herabsenkte durch die Nacht.

»Halloh! – ho!« tönte seine kräftige Stimme. – Keine Antwort. Es war wohl der letzte Schrei – der Todesschrei.

Der Schnee war tief und zähe, die Nacht stockfinster. Der einzige, Baperl, hatte den guten Gedanken, eine Laterne mitzunehmen und die Schneereifen anzuziehen, so kam er trotz seines Alters allen voran. Er hatte den Ruf genau verstanden. Der Unglückliche ist über den Paß gekommen, das Licht der Winterstube hat ihn irregeführt, in irgend einer der steilen Gräben ist er stecken geblieben.

Plötzlich wieder ein Laut, – aber der hatte gar nichts Menschliches mehr. Ein Bursche hinten lachte hell auf.

»Is ja a Katzl. No, i druck' mi'.«

»Und wenn 's a Katz is! Z'grund soll s' net geh', das arme Viech.« Mit diesen Worten grub sich der Blonde zum Laternenträger durch, während die anderen zögerten.

Jetzt war über die Richtung kein Zweifel mehr, ein steiler Graben zog sich quer durch das Paßtal, – da war es!

»S' is kei Katz, verlaß di' d'rauf, Ambros!« sagte der Baperl.

Jetzt standen sie vor dem Graben, bis über die Schenkel im Schnee. Das Flockengewirbel gestattete keinen Blick auf zehn Schritte voraus.

»Halloh! Ho! – G'rad an Laut gib!« rief der Ambros hinunter, während der Baperl die Laterne hoch hielt.

Jetzt klang es deutlich aus dem Graben herauf, das tierisch klingende Wimmern.

»A Kind'l is!« schrie der Baperl.

Der Ambros aber kollerte schon den Graben hinab, in eine Schneelawine gehüllt. Das Wimmern setzte jetzt nicht mehr aus und leitete ihn. Ein dunkler Fleck hob sich im matten Schneelichte aus dem gleichmäßigen Weiß ringsum, welches das Chaos der gefallenen Stämme und des Gerölles überzog. Keuchend arbeitete er sich durch. Von oben herab gaukelte der Strahlenkegel, welcher von der Laterne des Baperl ausging, jetzt streifte er gerade über den schwarzen Fleck – eine menschliche Gestalt – ein Gesicht trat aus der Nacht –

Mit einem Sprunge war er dort – griff danach – ein kleines Wesen blieb ihm in der Hand – ein Kind! Wirklich ein Kind!! Aber das Tuch, in das es gewickelt, an dem er zerrte in der Hast, löste sich nicht. Klar zu denken war nicht möglich. – Er bückte sich, seine Hand berührte einen zweiten Körper, eine eisige Hand. – In dem Augenblicke fiel das Licht der Laterne auf ein weißes Gesicht – ein Mädchengesicht – ein Totengesicht. –

Er kniete nieder, das wimmernde Kind im Arme. Es war jung und schön, das Gesicht – so schön, wie er noch keines gesehen. Schwarzes, loses Haar, in dem die Flocken hingen, schloß es ganz ein, ein tränenvolles Lächeln hatte den kleinen, bleichen Mund verzogen.

Ambros vergaß erst Kind und Hilfe über den Anblick, dann schrie er dem Baperl alles mögliche wirre Zeug hinauf, rieb das weiße Gesicht mit ein Paar Tropfen Schnaps, die er zum Glück bei sich hatte, und hielt das weinende Kind in seinen Armen. – Dann vergaß er alles, – die Brust bewegte sich unter seinen Händen, die Lippen öffneten sich, ein warmer Lebenshauch drang gegen sein Gesicht, das er dicht über die Unglückliche beugte.

Er hob den Körper aus dem Schnee, strich das Haar aus der Stirn und rief das ungereimteste Zeug. – Dann öffneten sich die Augen, erstaunt und groß waren sie auf ihn gerichtet, mit dem rätselhaften Ausdruck, den die Berührung mit einer anderen Welt aus langer Ohnmacht Erwachenden verleiht.

»Kind! Mein Kind!« waren die ersten Worte. Dann griff sie mit den Händen in dem Schnee umher. »Biela – wo – wo is Biela?«

Sie raffte sich auf, hielt mit beiden Händen Ambros an der Joppe fest und sah ihn in wilder, drohender Verstörtheit an.

Das war nicht mehr das liebe Engelsgesichterl von eben. Wie's nur möglich war! Ganz verdutzt reichte er ihr das etwa sechsjährige Kind, das jetzt keinen Laut mehr von sich gab.

Sie herzte und küßte es, stieß unverständliche Rufe aus; da kam schon der Baperl herab mit Hilfe.

Das Mädchen blickte geblendet, geängstigt umher, unwillkürlich schlang es die Arme um den Nacken des Ambros, seines Retters. Das feuchte Schwarzhaar, welches sich unter dem roten Kopftuch gelöst hatte, umhüllte es ganz.

Es wollte sich nicht tragen lassen, sein Kind nicht geben, doch bei dem ersten Schritt aufwärts versagten seine Kräfte, mit einer letzten Anstrengung übergab es das Kind Ambros, dann schwanden wieder seine Sinne. Kräftige Arme nahmen es auf. Ambros folgte mit dem Kinde.

Es war ein bös' Stück Arbeit durch den fußhohen Schnee. Das »Waibats« hatte ein Gewicht, – und der Schnee war schon wieder gewachsen.

Vor der Stube stand der Zigarrentoni; er war kein Zugreifer. – Starr blickte er auf das Mädchen in den Armen der Knechte. Das Feuer am Herd warf seinen grellen Schein darüber.

»Sakra! Sakra! Was habt's denn da aufgabelt? – Da war ma glei' a Katz lieb'r.«

Die Wärme der Stube wirkte belebend auf die Fremde. Sie erhob sich von der Bank, auf die man sie gelegt. »Biela! Wo is Biela!« rief sie in einer fremden, weichen Betonung. Man reichte ihr das in ein graues Wolltuch gewickelte Kind, ein Mädchen, das mit trotzigem, feindseligem Blick umhersah.

Sie warf sich mit einer wilden Leidenschaft darüber, herzte und drückte es, in krampfhaftes Schluchzen ausbrechend. Sie war gut gekleidet, aber nicht nach Brauch des Landes. Das rote Tuch turbanartig geschlungen, ein gleichfarbiges Mieder mit silbernen Knöpfen unter einer blauen Wolljacke gab ihr etwas Zigeunerhaftes, obwohl die Hautfarbe von blendender Weiße war. Ihre ganze Habe schien in dem Quersack zu stecken, welchen sie um die rechte Achsel trug. Das Gesicht zeigte einen Typus, der in der Gegend nicht zu finden war, ganz »herrisch«, meinte der Baperl.

Schweigend umstanden sie die Männer, verlegen fast. Solchen Besuch war man nicht gewohnt in der Winterstube.

Der Zigarrentoni hatte jetzt wieder seine Schneid' gewonnen. »Woher kommst denn bei dem Schnee mitt'n bei der Nacht a no? So was!«

»Von Brixen, Herr, – gestern bin ich fort,« erwiderte das Mädchen scheu.

»Und wohin willst denn?«

Das Mädchen zögerte. »Das – das weiß ich nicht – irgend wohin. Is mir alles gleich – will nur Brot verdienen für kleine – arme Biela – «

Die Worte wirkten, – Brot! Da hielt man Maulaffen feil, anstatt dem armen Madl was Warmes zu verschaffen in den kalten Magen.

Der Baperl holte die Pfanne mit dem übrig gebliebenen Kaffee, um sie an das Feuer zu stellen. Ambros lief zu seiner Proviantkiste und holte Brot und Butter, ein dritter brachte Schnaps. Im Nu stand eine dampfende Kaffeeschale vor der Fremden, ein dick aufgestrichenes Butterbrot lag daneben. Die Fremde gab zuerst dem Kinde, das gierig den warmen Trank einsog, dann genoß sie selbst.

Die Wangen röteten sich, wohlig aufatmend sah sie sich jetzt erst ihre Umgebung ohne Scheu an.

»Wäre jetzt schon tot mit Biela, wenn nicht wären gekommen gute Herrn.«

Aller Ernst, alle Angst war jetzt verschwunden aus dem Gesicht, das nun förmlich aufblühte in neuer Jugend. Die schwarzen, sprechenden Augen blieben auf Ambros haften, und ein holdseliges Lächeln spielte um die jetzt kirschroten Lippen.

»Ja, – Sie – Sie haben gerettet mich und arm Kind – ich vergesse nicht – nie – mein ganzes Leben nie – geben Sie mir Hand – geben Sie mir –«

Sie streckte ihm eine kleine, sonngebräunte Hand entgegen. »Ich bin nicht böse –«

Die Burschen kicherten und stießen sich. Die Art, die Sprache, alles war ihnen so fremd. Ganz »herrisch« nahm sich's aus, und doch war es ein armes Madl, viel ärmer als sie alle.

Ambros wurde vorwärts gepufft, die kleine Hand verschwand ganz in seiner Faust, und feuerrot wurde er bis unter das blonde Gelock hinauf. Jetzt sah sie wieder gerade so aus wie dort im Graben, wo er sie gefunden hatte, wie die Muttergottes mit dem Kind'l, aber gerade so.

»Darf doch hier bleiben die Nacht mit kleiner Biela?« fragte sie.

»Mußt schon, Madl,« erklärte der Baperl, »wie kamst denn 'nunter nach Seedorf?«

»Seedorf? Kann ich bekommen Arbeit in Seedorf?« fragte das Mädchen weiter.

»Arbeit? Mitten im Winter? Das wird sich hart machen, mei' Madl!« meinte der Baperl.

»Was machst denn nachher für a Arbeit?« mischte sich der Zigarrentoni ein. »Für Bauernarbeit schaugst d' grad net her. Und a Kind dazua, paßt a net jed'n.« Das Mädchen schwieg und nickte traurig mit dem Kopfe, die immer noch scheue Kleine an sich pressend.

»Was hast denn fürerst trieb'n?« fragte der Zigarrentoni rücksichtslos weiter, mit mißtrauischem Blicke die Fremde musternd.

»O, war alles gut – junger Mann – schöner Wagen, schöne Pferde, ein Löw', ein Bär, zwei Wölf' und seltene Vogel – alles vom Vater bekommen. Is wohlhabender Mann gewesen, der Vater, aber immer Unglück – viel Unglück mit die Tier – dann is Vater gestorben und Mann und Löw' in einem Jahr. – Hab' ich so lieb gehabt den Löw'!«

»Den Löw'?« Der Zigarrentoni lachte. »No und den jungen Mann net a a bisl?«

Die Fremde warf jäh den Kopf auf. »Nein, habe ich nicht.« Es flammte lodernd in ihren dunklen Augen. »Er war nicht gut mit mir und Biela, – er hat getrunken, mich geschlagen. Der Löw' hat ihn totgebissen. Er hat es oft gesehen, wie er mich geschlagen, – das hat ihn bös gemacht – und dann – dann war es aus. Tiere wurden mir genommen vom Gericht – ich und Biela saßen auf der Straße –«

Alles schwieg, mit offenem Munde die Fremde anstarrend. Die abenteuerliche Erzählung, das Fremdartige der Ereignisse beschäftigte vollauf die schlichte, einförmige Phantasie. Ein Frauenzimmer, das einen Löwen zum guten Freunde hatte, das war ihnen noch nicht vorgekommen, und Bären und Wölf' noch dazu! Und wie sie das erzählt hat vom Totbeißen, daß einem ganz kalt über'n Rücken 'nunterg'lauf'n ist, und jetzt schaut s' wieder drein, als ob s' keine fünfe zähl'n könnt', so liab und guat. Der Zigarrentoni aber trat dicht vor sie hin, sein Hüt'l rückend und den schwarzen Bart sich streichend. »Mei' Frauerl, da wird s' dir nur halbat pass'n bei die Küah, wenn du solche Viecher g'wöhnt bist, – g'rad 'raus, i nehmat di net, wenn i a Bauer wär'.« Er beugte sich dicht zu ihrem Ohre, »als Dirn net.«

»Aber i nehm' s', und damit hat das G'red a End'.«

Der Blonde sprach die Worte, der die ganze Zeit über kein Auge von der Fremden verloren.

»Jawohl, i! Schaug nur so, Toni, i nimm' s', der Lawiner.«

»Du?« Der Zigarrentoni stemmte die Arme in die Seite und sah ihn feindselig an. »Das is ja Dein Vater, der Lawiner.«

»Mein Vater wird's mir net weigern, und am End' ist das mein' Sach'. Magst Frau?« wandte er sich an die Fremde, »g'rad bis d' was bess'res find'st. Soll dir nix fehl'n beim Lawiner, dir net und der Klein' net.«

Die Fremde gab sich keine Mühe, ihre Freude zu verhehlen. »Is Ernst? Wirklich mit Ihnen? Ich und Biela? Oh, wie will ich arbeiten, alles, alles! Oh, ich kann arbeiten, viel arbeiten, aber wenn Vater – Ihr Vater nicht will?«

»O, der will scho', kümmer di' net, Frauerl, der will scho', wenn er di sieht, verlass' di drauf.« Der Zigarrentoni sagte es mit einem höhnischen Blick auf Ambros, welcher diesem das Blut ins Gesicht trieb.

»Lass' das mein' Sach' sein, Frau,« sagte dieser, »der red't gar viel, wenn der Tag lang is.« Dann rüstete er die Lagerstätte in der Ecke, die sonst der Forstgehilfe einnahm, wenn er in der Stub' übernachtete.

Jeder bot seine Decke an, jeder wollte dem Schützling was Gutes tun. Die Ermattung kam erst jetzt zur Geltung. Ambros fing noch einen letzten dankbaren Blick auf; dann entschlief die Fremde, das Kind fest im Arm.

Sorgfältig jedes Geräusch vermeidend, die harten Stimmen gewaltsam dämpfend, krochen die Männer in das Gelieger, eine respektvolle Lücke lassend, zwischen der Mutter mit dem Kinde.

In der anderen Ecke lag Ambros auf dem Rücken und starrte in die kleine Flamme des Öllämpchens oben auf dem Querbalken, das heute ausnahmsweise brannte. Der Kopf glühte ihm. Das war sein erstes Erlebnis. Das blasse Gesicht im Schnee, g'rad wie von einer Heiligen unten in der Seedorfer Kirche, aufg'wachs'n bei Löwen und Bären und Wölf'. Und der Löw' hat ihren Mann zerrissen, aus Zorn, weil er sie g'schlag'n hat. Ja, da kann ma' auch zornig werd'n, wenn ma' auch kein Löw' is. Das begriff er ganz gut. Er sah den Mann verbluten unter der Tatze der Bestie. Ganz recht is ihm g'scheh'n, wia kann ma denn so a liab's Wes'n schlag'n. Was der Vater sag'n wird, wenn er sie bringt. »Der will scho', wenn er die siecht!« Wia er das g'sagt hat, der Toni. Er hat ihn wohl verstanden. Wenn das wär'? Wenn der Vater desweg'n – und was gang's denn ihn an! Will er denn was von der Person? G'fall'n darf s' einem do'. – Und wenn's ihm amal gang, wia dem Toni damals auf der Alm, wenn er seh'n müaßt. – Aber der hat's ja liab g'habt, sein Reserl – und er denkt ja gar net.

Unruhig wälzt er sich auf die andere Seite; er hob sich etwas, um zu sehen, ob sie schlief. Ein breiter Rücken nahm ihm die Aussicht – der Toni! Aufrecht saß er da, den Kopf in die Hand gestützt, und blickte unverwandt auf die Fremde in der Ecke.

Das ärgerte ihn; was hatte der Mensch so zu gaffen. Eben wollte er ihn darum anreden, da ließ sich der Toni schwer zurückfallen und atmete tief aus.

Jetzt hatte Ambros ein wohliges Gefühl, er gedachte ihres dankbaren Blickes, ihres warmen Händedruckes. »Da kannst' lang' wart'n Toni,« flüsterte er vor sich hin. Dann verlangte die Natur ihr Recht, er schlief ein.

Es war eine unruhige Nacht in der Stube. Ein ständiges Stöhnen, Aufsprechen, Hin- und Herwälzen. – Der alte Baperl schrie einmal laut auf: »Der Löw'! Halt 'hn auf!«

Nur die Mutter mit dem Kinde rührte sich nicht; der Schein des Öllämpchens übergoß sie mit einer feierlichen Glorie, inmitten der schnarchenden Männer, des alten Gerumpels an den geschwärzten Holzwänden.

Zweites Kapitel.

Das Schneien hatte während der Nacht aufgehört, – ein kristallklarer Wintertag.

Auf der Sölden lagen noch kalte, blaue Schatten, während draußen Berg und Tal schon im goldigen Sonnenlichte flimmerten und glänzten.

Ambros ließ erst die Schlitten mit ihrer Last voraus als Wegmacher, dann folgte er mit der Fremden und dem Kinde. Die Sache war doch nicht so einfach, wie er sich dieselbe gestern gedacht.

Sein Vater, der Lawiner, wie der Hausname lautete, wohl von der ständigen Lawinengefahr, unter welcher sein dicht an der Berglehne liegendes Anwesen seit undenklicher Zeit litt, war Witwer, ein Mann in den Fünfzig, in voller Rüstigkeit, ein rastloser Arbeiter, der seine Sache in strenger Ordnung hielt, aber auch ein eiserner Kopf, mit dem schwer ein Auskommen war, ein Haustyrann. So kam es auch, daß Ambros, der einzige Sohn, als Holzknecht im Staatsforst arbeitete, anstatt im eigenen Anwesen; doch alle oft erneuten Versuche schlugen fehl, kaum, daß es ein Knecht aushalten konnte, der Sohn erst recht nicht. Der Lawiner sah in ihm nur den künftigen Besitzer seines Grund und Bodens, den er frevelhaft liebte. Das war für ihn so viel als sein Feind, der auf seinen Tod lauerte. Und jetzt kommt er ihm mit einer wildfremden Person und einem Kinde in das Haus, mit einer Ausländerin noch dazu, die mit Bär und Wolf im Lande herumgezogen, und will ihn zwingen, sie als Magd zu dingen?

Freilich, wenn er die ganze Geschichte selber mitgemacht hätt', wie sie sich ereignet, wenn er sie geseh'n hätt', im Schnee vergraben, mehr tot als lebendig – er war ja kein Unmensch, der Vater – da fiel ihm plötzlich die Andeutung des Toni ein von gestern abend. Von der Seite hatte er noch nie Gelegenheit gehabt, den Vater anzuschauen – aber der Toni mußte doch etwas Näheres wissen – Herrgott, wenn es das wäre – wenn der Vater selber – dann lieber gleich umkehren –

»Paß auf, daß di net a der Löw' z'rreißt,« hat ihm der Toni höhnisch nachgerufen.

Ein banges Gefühl überkam ihn; er blieb stehen; die Frau mit dem Kinde war ohnehin zurückgeblieben in dem Schnee, und mit dem argwöhnischen Nachschauen des Toni war es auch zu End'. Der Wald schloß sich auf beiden Seiten, und der Schnee füllte jede Lücke.

Sie trug jetzt das Kind in dem Quersack und ging dadurch etwas gebeugt. Das Haar fiel ihr unordentlich in das Gesicht, das rote Tuch war nachlässig gebunden. Sie gefiel ihm gar nicht mehr. So eine Zigeunerische und ein Bauer, zum Lachen. Da braucht er wahrlich keine Angst zu haben, für den Vater nicht und für sich selber erst recht nicht.

»Wie heißt du denn eigentlich?« begann er in absichtlich barschem Tone. »I muaß di' do' nenna könna.«

»Marion – Herr, – Marion Dotritschan.«

Der Name gefiel ihm erst recht nicht in seiner Fremdartigkeit. Er rückte das Hüt'l und kratzte sich hinter dem Ohre.

»Der Vater wird freili' schau'n, wenn i di' daher bring', mit an Kind a no.«

Da blieb sie stehen, kerzengerade. »Ich will nicht lästig fallen – Herr – o nein –«. Etwas Feindseliges lag in ihrer ganzen Haltung, und doch zitterte ihre Stimme. »Gehen Sie nur, ich finde den Weg schon allein –«

Ambros ärgerte sich über sich selbst, er war doch ein recht garstiger Mensch. Zuerst renommieren vor allen, mitnehmen, und nachher so was sagen!

»So war's net g'meint,« entschuldigte er sich, »g'wiß net. I muaß ma' g'rad die Sach' a bisl z'recht leg'n. Marion! Werd' di' steh'n lassen mitten im Wald – so was! Da war' i ja schlecht'r wia die wild'n Tier'.«

»O, die waren immer gut mit mir, nur die Menschen nicht, – bis auf Sie – gestern – und jetzt –«. Sie weinte, beugte das Haupt wie unter einem schweren Schlage.

Das war zuviel für Ambros, er stampfte zurück im Schnee, zog sie bei der Hand. »Marion!« Sie hob den Kopf. Die verweinten Augen stellten eine ängstliche Frage.

»I bin ja a dumm'r Kerl. I red' halt so daher. Der Vater is gar net so. Komm' do', dein'm Kind zu liab. Wenn dir's z'schwer wird, trag's i. So an arm's Würm'rl!«

Marion folgte wortlos seinem sanften Zug, den Blick unverwandt auf Ambros gerichtet, als ob sie etwas Niegeschautes sähe in diesem Jünglingsantlitz. Der leichte blonde Bartflaum war dicht bereift, das Antlitz war von der herben Frische des heranreifenden Pfirsich, aus dem blauen Auge sprach die Harmlosigkeit eines Kindes, während der sehnige, formvollendete Körper den fertigen Mann verriet. Und Ambros, angezogen von dem seltsamen Schweigen, sah sie ebenso an.

Das war nicht das Weib, das er zu sehen gewohnt war, an dem er bisher gleichgültig vorüberging, das war etwas völlig Neues, nie Empfundenes, was jetzt auf ihn eindrang. Diese verhaltene Glut in den Augen, diese reifen und doch so geschmeidigen Formen, diese feindselige Scheu und doch wieder süße Lockung, dieses seltsam Überlegene, das ihn immer wieder an die wilde Bestie erinnerte, an den Löwen, ihren Jugendfreund. – Jetzt hätte er sie nimmer 'lassen, um alles net.

Da kam ihm plötzlich die Erzählung des Toni in den Sinn. – Erst packte ihn ein jäher Schreck. Wenn sie's war', – die Liab? »Das Schönst' auf der Welt«, – dann aber ein Jubel, daß er hätte hell aufjauchzen mögen, als wenn es Frühjahr war' ringsum, alles Blüt' und Duft und Vogelsang.

»Wart' nur, Marion, es wird dir schon g'fall'n bei uns. Das schönst' Vieh weit und breit, an sauber'n Hof, und der Vater – na, der Vater is a bisl rauh – aber wenn man 'n kennt –, und dann bin i ja wied'r da im Frühjahr. Da wirst schau'n, wenn die Kerschbam blüah'n und d' Wiesenbleamerln komma, da wirst kein Heimweh mehr hab'n nach deine Wölf und deine Bär'n, und nachh'r am End' gar auf d' Alm, und am Samsta' b'suach i di nachher, und dann erzählst ma allerhand von Dein'r Wanderschaft, von dein' Vater – von dein' – na' von dem will i nix hör'n – – Di' schlag'n! Di!«

Er drückte die Hand fester, die um ihre Hüfte lag. »Und wenn ich's verdient hätt'?« sagte sie.

»Hast's ja net. Gibt's ja net! Du bist ja so guat, so liab – so guat – schau, Marion, wia soll i dir's sag'n. – I bin alleweil allei' g'wes'n bislang – kein Mensch'n hab' i so recht mög'n, die ganze Welt war mir verleid't, so jung i bin – und jetzt is all's anders, g'rad', als wenn 's schon da wär', 's Frühjahr. – Was is das, Marion, sag?«

Sie war stehen geblieben und beugte sich herab zu ihm, daß ihr loses Haar unter seinem raschen Atem zitterte.

»Das ist – weil Sie getan ein gutes Werk – mein Herr – gerettet eine arme Mutter mit ihrem Kinde – das ist's – Herr –« erwiderte die Fremde, scheu sich zurückbeugend.

»Net wahr is, Marion, – das is was ganz anders – das is – d'erratst 's er net? – Das ist die Liab – Marion – die Liab –«

Ambros umfaßte sie im Sturme der ersten Leidenschaft, seine Lippen suchten die ihrigen, – da schrie das Kind auf, seine Händchen krallten sich in das Haar des jungen Mannes. »Laß Mutter – böser Mann –«

Er wandte sich, kam zu sich. – Der feindselige Blick, den er auf das Kind warf, wurde erwidert. Unter anderen Umständen hätte das drollig gewirkt, jetzt hatte Ambros ein häßliches, bisher ihm fremdes Gefühl, daß er ihm nimmer gut sein könne, sein ganzes Leben lang, diesem kleinen Geschöpfe.

Was er gewagt, geschah nur in der jäh erwachten Leidenschaft, jetzt ernüchtert, schämte er sich; alles war verdorben.

»Biela fürchtet sich, Herr,« sagte Marion.

»Herr! – I bin kein Herr, a Bua bin i, a dumma.« Hastig stapfte er voraus. Es war so kein Fortkommen zu zweit im weichen Schnee. Der Toni war schuld an allem mit seinem Geschwätz gestern abend. Das ist ihm schon in alle Knoch'n gefahr'n, und glei' is der Teuf'l bei der Hand und führt ihm eine in den Weg, eine Landfremde, eine Stromerin, – mit an Kind a no. Wer weiß, ob's wahr is, was all's erzählt hat vom Löwen und ihrem Mann.

Er wandte sich nicht mehr um und schritt hastig vorwärts. Ein Weg zweigte sich, – da rief es hinter ihm: »Ambros!«

Die Fremde war es. Und wenn der Tod darauf gestanden hätte, er mußte sich wenden.

Sie war bereits nach rechts eingebogen.

»Lassen Sie mich gehen – besser so – Vater wird zornig sein –«

Ambros zögerte einen Augenblick.

»Werd' nicht vergessen, was Sie getan einer armen Mutter, Ambros!«

Der Ton, in dem sie seinen Namen sprach, wirkte wie ein Zauberspruch. Alle Bedenken waren vergessen.

»I leid's aber net, Marion! Mit geh'st – jetzt g'rad' extra – und wenn der Vater zornig wird, nachher geh' i mit dir, bis d' wo a Unterkomma find'st. Marion, tun ma das net an, komm'!«

Er war schon an ihrer Seite und faßte ihre Hand. Ihr Widerstreben wurde immer schwächer, dann ging sie plötzlich mit festen Schritten. Aber Biela fing zu weinen an und stemmte sich mit Armen und Beinen.

»Was nur das Dirnd'l gegen mi hat?« sagte Ambros ärgerlich.

»Ist ein Kind, Ambros, fürchtet die Männer.«

»Aber vorher hat s' mi' do' net g'fürcht'.«

»Vorher?« fragte Marion erstaunt.

Ambros wurde feuerrot. »No ja, vorher halt – Hast d' denn scho' vergess'n?« Marion schüttelte den Kopf. Das verführerische Lächeln erschien wieder auf ihren Lippen, wie gestern im Todesschlaf, und die dunklen Augen schlossen sich einen Augenblick.

»Hab' nicht vergessen, Ambros, wollt' gehen, die andere Straß', weil ich nicht vergessen, darf nicht sein zwischen uns, wenn ich soll bleiben in Ihrem Haus.«

Ambros sah sie groß an. Die Dirndl'n vom Lande waren nicht so spröd', alle, wie er sie kannte, nicht. Er freute sich darüber. Da käm' der Vater an die Rechte, wenn er wirklich so wär', wie der Toni ihn hingestellt. Er faßte den besten Vorsatz. »Recht hast, Marion, 's hat mi grad' so packt, das Besond're an dir, i weiß selb'r net, Herrgott, g'falln wirst ein'm do' dürf'n.«

Kein Wort fiel mehr, schweigend schritten sie durch die jetzt flache, schneebedeckte Au dem Lawinenhof zu, der, am steilen Gehäng sich anlehnend, mit seinem rötlichen Anstrich aus dem einförmigen Weiß ringsum sich hob.

Mit jedem Schritte ging Ambros der Atem schwerer; so etwas hatte er noch nie gewagt.

Die Fenster des stattlichen Hauses blitzten im grellen Sonnenlichte, ein seines Rauchwölkchen schwebte in der stillen, klaren Luft über dem Dache. Das erinnerte ihn erst an die größte Gefahr, an die alte Bärbl, welche seit dem frühen Tod der Mutter, ihrer Schwester, die Wirtschaft führte. Sie war das einzige lebende Wesen, das den Lawiner mit seinem Eisenkopf unterbekam. Wie es nur möglich war, daß er an die Bärbl gar net weiter gedacht? Sie war ihm nicht feind, im Gegenteil, in seiner frühesten Jugend vertrat sie Mutterstelle an ihm, und heute noch nahm sie ihn zur rechten Zeit in Schutz gegen den herrischen Vater; aber ein Frauenzimmer duldete sie nicht im Haus, da sträubte sie sich wie ein Geier dagegen, wenn der Vater einmal den Versuch machte. Ambros kannte auch den Grund. Nach dem Tode der Mutter rechnete die Bärbl stark darauf, Lawinerin zu werden; es war auch einmal nahe daran, wie er sich gut erinnern konnte, – aber im letzten Augenblick wurde er doch kopfscheu, der Lawiner. Von da an wachte sie über ihn mit hundert Augen. Was sie nicht erreichen konnte, sollte wenigstens auch keine andere erreichen. Der Lawinerhof war verschlossen für alles, was weiblich war.

Und jetzt brachte er eine Zigeunerische mit, mit einem Kinde! Ja, wie 's nur grad' möglich war – daß er – und wenn er daran gedacht hätt'? – Hätt' er es dann anders gemacht wegen der alten Bärbl? – Zum Lachen! – Jetzt erst recht! Er will doch sehen, ob er gar nix mehr is auf dem Lawinerhof, – dann lieber glei' in die Welt 'naus.

Er fühlte in diesem Augenblicke wie noch nie die qualvolle Enge seines bisherigen Lebens.

Er reckte die Brust, faßte absichtlich die Hand Marions und schritt auf den Hof zu.

Einen Büchsenschuß davor zuckte er zusammen – heiliger Gott, der Vater!

Ein großer, breitschultriger Mann war aus dem Hause getreten; er hielt die Hand über den Augen, sich vor der Sonne schützend, und blickte auf das Paar.

Ambros versuchte unwillkürlich, seine Hand zu lösen, doch Marion hielt sie jetzt fest.

Der Lawiner stand noch immer wie versteinert und beugte sich vor, wohl um besser zu sehen, ob er sich nicht doch getäuscht.

Er trug eine gestrickte, blaue Wolljacke, hohe Gamaschen aus Loden bedeckten die Beine bis über die Schenkel hinauf. Er schlug das Beil, welches er in der Rechten hielt, in einen Hackstock, welcher vor der Tür stand, steckte die Hände in die Hosentaschen und erwartete die Kommenden. Ambros raffte allen Mut zusammen. Er sah deutlich das bekannte Wetterleuchten in dem knochigen glattrasierten Antlitz des Vaters.

»Ich werd' ihm schon sagen, was Sie getan an mir.« Es klang wie eine Ermutigung aus Marions Munde.

»Kein Wort, mi' lass' red'n,« warnte Ambros im Flüstertöne und trat vor den Lawiner, der regungslos unter dem Türpfosten stand, als ob er ihn mit seinen breiten Schultern verteidigen wollte gegen jeden unbefugten Eindringling.

»Grüß Gott, Vater! Da bring' i dir eine, die hab'n wir gestern abend aus 'n Schnee 'rausgrab'n auf der Söld'n, mitsamt ihr'n Dirndl. Elendi umkumma wär's. Grad' recht san ma komma.«

Der Lawiner sprach noch immer kein Wort, nur seine kleinen grauen Augen blickten unter den buschigen, schon ergrauten Brauen lauernd auf das Weib mit dem Kinde.

»Der Bartl und i,« fuhr Ambros, nach Atem ringend, fort. »Aus'n Tirol, von Brix'n – den Weg über den Kamm hat's verfehlt – da hab' i mir denkt –«

Das Gesicht des Lawiners rötete sich immer mehr. »Du hast dir nix z' denk'n,« sagte er kurz, schneidig, ohne den Blick von Marion abzuwenden. »Was willst du beim Lawiner? Selb'r red',« wandte er sich barsch an Marion.

»Arbeit!« erwiderte sie; dabei schien sie förmlich zu wachsen, und ihr Auge ruhte mit einer seltsamen Starrheit auf dem Lawiner.

Er konnte es nicht ertragen und sah ganz verlegen zu Boden.

»Arbeit! Was wirst denn du arbeiten könna, – i – i hab' a kei' Arbeit – « Ambros erwartete einen zornigen Ausbruch. Das gab ihm neuen Mut.

»I muaß sag'n, Vater, i hab's selb'r aufg'fordert dazua, sie war' net mitganga sonst. Mitt'n im Winter, hab' i mir denkt, mit ein' Kind a no. – Christli wär's – hab' i mir denkt – und – Arbeit gibt's alleweil – hab' i mir denkt – und da hab' i halt –«

Der Lawiner warf keinen Blick auf seinen Sohn, schien seine Worte nicht im geringsten zu beachten.

»Was hast den nachher bislang trieb'n?« fragte er Marion weiter.

Ambros trat der Schweiß auf die Stirne, er drückte die Fäuste zusammen vor ängstlicher Erwartung. Wenn sie die Wahrheit sagte, war's aus für immer. Er kannte den Vater; nichts verachtete er mehr, als das fahrende Volk, das die Gegend unsicher machte.

»Vater ist herumgezogen mit wilde Tier, ich war Wärterin, oh, ist strenge Arbeit, Tag und Nacht und Dressur – gehört Mut dazu und Kraft – ja, Herr!«

Der Lawiner starrte mit offenem Munde auf das fremdartige Wesen. »Ja – aber – ja wilde Tier' dressier'n und – Bauernarbeit. Wie kommst denn g'rad' auf den Gedanken –«

»Bin nicht ich gekommen, – Ambros –«

»Ja, dem sieht's gleich –«

»Arbeit ist Arbeit, Herr – ich kann alles, was ich will.«

Das schwarze Auge blickte, eine seltsame Kraft ausströmend, auf den Lawiner.

»Ja – ja – das glaub' i fast –« erwiderte er unsicher, seine Pelzkappe rückend. »Das glaub' glei', aber halt do – i hab' kein' Arbeit,« setzte er heftig hinzu, ärgerlich über sich selbst. »I laß ma' a net von mein' Sohn Dienstbot'n ins Haus bringa.«

»Nicht bös sein, Herr, er hat Leben gerettet von armer Mutter und Kind. – Ich geh' schon, Herr, ich will nicht zur Last sein. – Leben Sie wohl, Herr Ambros.«

Sie reichte dem jungen Manne die Hand.

»Vater, das leid' i net.« Ambros trat entschlossen vor ihn.

Der Lawiner sah ihn von oben bis unten durchdringend an.

»Was leid'st du net?«

Ambros ballte die Hände und schwieg. Dann wandte sich der Lawiner zu Marion.

»Du kannst ja bleib'n, auf Prob' amal, net weil's der will, wohl verstand'n – weil's i will. – Geh' jetzt ins Haus und laß dir was z' ess'n geb'n. – Ja – so –« Er rückte seine Pelzhaube und kratzte sich hinter dem Ohre, eine arge Bedenklichkeit zeigte sich in seinen Zügen. – »Da hab' i gar net d'rauf denkt – aber g'sagt is g'sagt.«

»Bärbl!« rief er dann zurück ins Haus; »Bärbl!«

»Was gibt's denn schon wieder?« ließ sich eine verdrießliche Frauenstimme hören.

»Raus kommen sollst' – aber gleich.«

Der Lawiner reckte sich, ein trotziger Zug legte sich um den schmalen Mund, als wenn er sich gewaltsam zu einem erwarteten Widerstand rüsten wollte.

Ambros harrte erwartungsvoll der Entwickelung, während Marion mit einem forschenden Blick das ganze Haus betrachtete.

Schlürfende Tritte wurden laut auf der Steinfließe der Hausflur, ein großes, knochiges Weib trat heraus, die sehnigen, arbeitsharten Hände an einer blauen Schürze trocknend, – die Bärbl.

Ihr graues, scharfes Auge überflog rasch die Situation und blieb dann mit einem gehässigen Ausdrucke auf der Fremden mit dem Kinde haften.

»Was is denn nachher mit der? I hab' kein klein's Geld.«

»Brauchst a keins,« erklärte der Lawiner. »Die Person tritt in Dienst bei mir – jawohl.«

»Die?« Bärbl lachte höhnisch, »als was denn nachher?«

»Als was? Als Dirn. 's gibt Arbeit g'nua, und du wirst a net jünger,« entgegnete der Lawiner, die Beine spreizend, als ob er festen Halt gewinnen wollte.

»So meinst, Lawiner? Na, dann kann sie s' ja glei' allein mach'n, die Arbeit –«

Der Lawiner zuckte die Achseln. »Wia d' magst, das is dein' Sach' – i halt' di' net.«

Das kam unerwartet, selbst Ambros erschrak.

Die Bärbl aber stellte sich wie eine kämpfende Henne.

»Das wär's? Um so a Zigeunerische weist du mir's Haus? Du? Na, da wart' a bisl. – Da will i do' erst den Kommandanten frag'n, was der dazua sagt – wenn der Lawinerhof der Unterschlupf für alles hergelaufene Gesind'l!«

Sie band ihre Schürze los.

»I hab' s' ja aus dem Schnee 'rausgrab'n, gestern abend, auf der Sölden, samt ihr'm Kind,« versuchte Ambros sie zu beschwichtigen. »Wie kannst du so unbarmherzig sein, Bärbl?«

»Aus'n Schnee 'rausgrab'n? Nu, nachher schau'n ma amal, was du ausgrab'n hast!« Sie stürmte davon. Vor Marion blieb sie stehen. Drohend erhob sie die nervige Faust. »I werd' dir's Einschleich'n vertreib'n in a ehrlich's Haus, du Dirn, du schlechte!«

Das Gesicht der Fremden blieb regungslos, nur ihr Blick zog sich katzenartig zusammen, und etwas sprunghaft Wildes lag in ihrer ganzen Haltung. Bärbl ließ die erhobene Faust sinken und blieb wie gebannt stehen.

Dem Lawiner und seinem Sohne war selbst nicht geheuer bei diesem Vorgange.

»Mach' do keine G'schicht'n,« begann der Lawiner. »'s is ja grad' auf Prob'. Wenn s' dir net paßt, no nachher muaß s' halt wied'r weit'r, – wenn s' der Ambros schon vom Tod errett' hat, kann i' s' do net – du wirst di' do net fürcht'n davor. – An Schandarm hol'n, war no schöner –«

»Bärbl, i bitt' di', i hab' ihr amal zuag'sagt, tun mir's z'liab und laß da –«

»Und ich will Sie dienen wie ein treuer Hund,« erklärte plötzlich Marion.

Ambros verdrossen diese Worte, sie standen in keinem Einklange zu ihrem sonstigen Auftreten; auch der Ausdruck ihres Gesichtes gefiel ihm nicht, noch weniger das rasche Nachgeben Bärbls; das war sonst nicht ihre Art. Ihr ganzer Zorn war zerbrochen vor diesem Weibe.

»Na, also in Gottes Namen, wenn s' scho' so schwach san, die Mannsleut, – bleib halt, dem Kinde z'liab. Geh 'nein in d' Kuchl.«

Die Fremde atmete sichtlich auf, noch einmal überflog ihr Blick das stattliche Haus, dann betrat sie es mit ihrem Kinde.

»Wenn die a Glück bringt, nachher hängt's mi auf,« sagte die Bärbl, ihr folgend.

Der Lawiner und sein Sohn hatten beide ein gleich peinliches Gefühl. Keiner wollte folgen.

»Nimm di in acht, Ambros,« sagte der Alte, »wenn i was merk, muaß s' 'naus. I leid' so was net in mein' Haus.«

»Was denn, Vater?« Diese Frage war die erste Falschheit im Leben des Ambros.

»Was denn?« Der Lawiner lachte höhnisch. »Bist du auf amal schlau word'n mit dein'm ›Was denn!‹ Auf der Sölden oben werd'n s' di' wohl nöti' hab'n bei dem Wett'r. Laß di' net aufhalt'n.«

Der Vater ging dem Stalle zu, den Kopf bedenklich schüttelnd. Er hatte ihn längst durchschaut, und die Bärbl wird es erst recht tun, wenn er jetzt hineingeht. Gleich wieder zurück auf die Sölden, wie der Vater meint, – heut' war Mittwoch, – vor Samstag Abend durfte er nicht mehr herabkommen, – bis dahin aber war sie vielleicht schon wieder fort, – dann sah er sie nie mehr – die schwarzen Augen.

Der Vater war nicht mehr zu sehen, rasch huschte er in das Haus.

Er traute seinen Augen kaum. Marion saß in der Küche, das Mädchen auf dem Schoße, das in gierigen Zügen Milch aus einer Schale trank, daneben aber, die Arme auf den Tisch gestemmt, stand die Bärbl und sah gutmütig lachend zu.

»Laß dir's nur schmecken, Kleine, – so zieh' nur, zieh'!«

Ambros blieb unbemerkt unter dem Eingange stehen. Das war zu viel für sein ungeschultes Hirn.

Zuerst hat sie den Vater herumgebracht, daß er selbst seinen Augen nicht 'traut hat, und jetzt gar noch die Bärbl, die Bärbl, die grad' noch vor ihr g'stand'n ist mit aufg'hobener Faust und mit dem Schandarm 'droht hat, und das alles kam im Handumdrehen, ohne viel Reden und Bitt'n, grad' mit den Augen.

»Herrgott, wenn das mit recht'n Ding'n zugeht!« Er hat oft von Zaubersach gelesen und gehört, auf das sich die fahrenden Leut' verstand'n, die Zigeunerischen. – »Wenn's das wär' – der Teuf'l im Spiel – und sitzt da wie d' Muttergottes selb'r mit 'm Kind, grad' a so. Scham di', Ambros, so was denk'n!« Er trat näher. Bärbl wandte sich, und mit dem gutmütigen Ausdruck war's vorbei.

»Was schleichst denn du umanand?« herrschte sie ihn an, sichtlich ärgerlich, in dieser Situation von ihm überrascht worden zu sein.

Ambros war das nichts Neues, so machte sie es immer, sie wollte nicht gut erscheinen, und nichts war ihr zuwiderer, als über einer Wohltat überrascht zu werden.

»No, nachschauen wird ma' do no dürf'n. I geh' glei' wieder, Bärbl,« erwiderte er. »Kleine Kind'r san eh net mein' Schwarm. Das hätt'st seh'n soll'n, wie mi' die Kleine heut' scho' ang'faucht hat –, no i dank!«

»Und recht hat s' a g'habt,« erwiderte Bärbl, »man kann sich's net früah g'nua vom Leib halt'«, die Mannsbild'r.«

»No, wia g'fallt's Ihna bei uns?« fragte Ambros Marion, ohne auf die Worte der Alten zu achten.

»Wie? Wie können Sie fragen, wenn man wochenlang kein Dach gehabt für sein Kind – und jetzt in warme, schöne Haus. O, so warm, so schön, und so gute Frau – Frau Bärbl –«

»I bin keine Frau,« entgegnete Bärbl, in ihren alten, unwirschen Ton verfallend. »Gang mir g'rad ab, die Bärbl bin i, der verstorbenen Bäu'rin ihr Schwester, daß da 's glei' weißt.«

»Und wo is denn d' Frau nachher?« fragte Marion sichtlich überrascht.

Ambros hatte es vermieden, mit ihr darüber zu sprechen.

»Der Baur hat kei' Frau, nimmt a keine mehr.«

Die Fremde war sichtlich betroffen von der Nachricht. Bärbl hatte ihre gewohnte Haltung wiedergewonnen.

»I bin d' Frau vom Haus.«

»Sie?« Marion sah Bärbl prüfend an. »O, das freut mich. Ich habe schon gefürchtet, Frau könnte haben nicht so gutes Herz –«

Ambros war starr. Das sagte sie nach dem Auftritte eben draußen vor dem Hause.

Bärbl aber warf einen triumphierenden Blick auf ihn, sie fühlte sich sichtlich geschmeichelt. »Gel', das kommt dir ganz g'spaßig vor, – daß mir jemand a guat's Herz zuatraut –«

»Das ist einfach net wahr, Bärbl,« erklärte Ambros, der sich ihr jetzt zu Dank verpflichtet fühlte, »im Gegenteil, 's beste hast, i weiß wohl – und der Vater erst recht. – Grad' stell'n tuast di' so, als ob's kein's häst –«

»Als ob man's jeden glei' am Kopf werf'n soll sein Herz, aber do freut's mi', schau Ambros, daß das g'sagt hast. Mei' Gott, i hab' 'hn ja aus der Tauf' g'hob'n den Buab'n, und den Vater hab' i no kennt, als wia er no so a Bürschl war. Und was für a Bürschl! Kein schönern Mensch'n hab' i in mein Lebtag no net g'sehn, – jawohl!«

»Das sieht man ihm noch an, – ein bildsaub'rer Mann, so stattlich, so schöne Augen und noch so rüstig wie ein Junger –«

Bärbl, welche sich wieder am Herd zu tun gemacht, wandte sich hastig zu der Fremden, der gutmütige Ausdruck in ihrem Gesicht war völlig verschwunden. »No, das find' i grad' wied'r net. Bei an Mann in die Fünfzig red' ma nimma von schöne Aug'n. Schöne Aug'n!« sie lachte ärgerlich auf, »der Lawiner! So was!«

»Ist das nicht recht, zu sagen, ›schöne Augen‹, dann will ich nicht mehr,« erklärte Marion.

»Liab'r is mir, – 's gibt keine schönen Aug'n im Lawinerhof.«
Bärbl war jetzt wieder im besten Zuge. Sie rasselte mit den Kupferpfannen herum und rieb und putzte aus Leibeskräften. »Jawohl,
reiß 's nur auf sperrangelweit, ' wandte sie sich an Ambros, »oder
meinst vielleicht gar, du häst a schöne Aug'n. – Mach' daß d' auf
dein Arbeitsplatz kommst – und grab' mir net z'viel im Schnee umanand, hörst? Bhü' di' Gott!«

Das war eine energische Entlassung, gegen die es keinen Wider-
spruch gab, wenn er nicht alles verderben wollte, aber ein Ab-
schiedswort ließ er sich doch nicht nehmen.

»Laß dir's guat geh'n, Marion, 's wird all's recht werd'n. Am
Samsta' auf d' Nacht komm' i wied'r, 's tat ma scho' arg leid, wenn i
di' nimma anträf'.«

»Sie treffen mich an, gewiß, Bärbl und ich werden sein die besten
Freunde.«

Bärbl rieb noch immer an den Kupferpfannen und tat, als hörte
sie nichts.

»Und Vater auch. – Mach' ich alles.« Sie lächelte ihm so seltsam
verschmitzt zu, und wie sie ihm die Hand drückte! – Der Griff!

Bärbl sah sich schon wieder bedenklich um. Er mußte gehen,
wenn er nicht den schlimmsten Verdacht wecken wollte.

In der Stube ging der Vater hin und her, schweren Trittes. Das tat
er immer, wenn ihm etwas recht Schweres auf dem Herzen lastete.
Ambros wußte, was es diesmal war. Der Verdruß darüber, daß er
nachgegeben, vor allem aber das Zerwürfnis mit Bärbl, die Furcht,
was alles daraus entstehen könnte.

Darüber konnte er sich beruhigen, die Bärbl fand sich ja vortrefflich darein – und ihm wird sie's gar nicht gestehen, und immerfort
die Gekränkte spielen.

Entschlossen trat Ambros ein.

Der Lawiner hielt inne und sah ihn nichts weniger als väterlich
an. »Bist no da? I denk', dein G'schäft da herunt' war aus für an
Wochentag?«

»Is a, – bis auf a Kleinigkeit. Die Bärbl vertragt si' ganz guat mit der neu'n Dirn, brauchst di' net z' kümmern.«

»I mein' alleweil', du kümmerst di' z'viel um Sach'n, di' di' nix angeh'n. Übrigens was i dir sag'n will, guat, daß d' nochmals komma bist. Den Sulzer vom Moos hab' i neuli' troff'n am Markt, mit seiner Tochter, der Afra. Kannst di' nimma entsinna? Schon ganz saub'r is word'n – und der Sulzer hat so 'rumgeredt,« der Lawiner ließ einen lauernden Blick auf Ambros ruhen, dem die helle Hitze aufstieg. »D' Mutter is tot, kränkli' is er a, – da muaß halt a junge Kraft auf 'n Hof. Was für a Hof! Hundertfunfzig Tagbau wird kaum langa –«

»Aber Vater, – i kann mi do net – das geht do net –«

Da fuhr der Lawiner auf. »Was will i denn, Narr? Sollst heut' no, oder morg'n? Grad' überleg'n sollst du die Sach'. I kann do net – das geht do net. – kannst net? Was geht do net?« Dem Lawiner schwoll die Zornader, plötzlich fuhr er sich über die Stirn, über das ergraute, aber immer noch dichte Haar, und fuhr mit völlig veränderter Stimme fort: »I mein' nur grad' – i will di' ja net zwinga, Ambros, bei Leib net. Red' nix mehr. Geh – geh Ambros! –« Er reichte ihm sogar die Hand, was er noch nie getan. Ambros ging.

Er ging durch den kristallenen Wintertag der Sölden zu als ein anderer, ganz anderer. – Mit dem jugendlichen Frohmut, mit diesem jauchzenden Gefühl einer völlig sorgenfreien Brust, die nichts zu tun, als das wonnige Leben in sich zu saugen, war es aus. Ein ernster Mann, mit Runzeln auf der Stirn, ging er hinauf auf die Sölden, und die schwere Spur im Schnee verriet den Druck auf seiner Seele.

Was war das alles seit gestern abend? – Mit dem Toni seine Reden ist's schon angegangen. Da ist ihm schon ganz heiß' worden, da ist schon der Wunsch in ihm aufg'stieg'n, auch einmal so was zu erleben, und wenn's nur wär', um den Toni zu widerlegen, daß keine wahre Liab gäb, daß die Liab nur a Teufelswerk wär. Nimmer konnte er das glauben. Dann fand er die Fremde, grad' als ob's sein wollt! Das blasse G'sicht im Schnee, in die schwarzen Haare ganz eingewickelt. Die Augen! – Wia's ihn ang'schaut hat! – Da war 's scho' gescheh'n. – Wia er's dann küss'n hat woll'n am Heimweg – wia 's 'hn zwunga hat dazua, – wia er g'rung'n hat mit sich, ob er s' mitnehma soll – und all's nix g'holf'n hat – und dann das Seltsamste,

– der Vater! Die Bärbl! Alle hat s's zwunga mit einem Blick, grad' wia den Löw'n und den Bär'n und den Wolf, von denen sie erzählt hat.

Und dann z'letzt der Vater! Ganz verwirrt! – D' Afra soll er heirat'n, dem Sulzer sein Tocht'r, die der Vater selb'r nie hat aussteh'n könna, – dann hat 's ihn wied'r g'reut, i will di' ja net zwinga, Ambros. – Geh' Ambros! Und die Hand hat er ihm g'reicht.

Er möcht' ihn weg hab'n, kein Zweifel und do wieder net; er fürcht', sein Ambros könnt' mit der Marion anbandeln, – aber dann machat er ja kurz'n Prozeß, naus damit einfach. – Also will er's do b'halt'n im Haus. – Weg'n der Arbeit? Eine daherg'laufene Person, der strenge Lawiner? – Aber der Toni hat's ja vorherg'sagt. – Also das war's? Ja – das is – nix anderes! Und warum denn net? Mit so schö'n Aug'n, rüstig, wie ein Junger! –

Er lachte hell auf.

Es dunkelte schon, als er in die Holzerstube kam, so lange trieb er sich planlos herum. Die Knechte waren eben von der Arbeit gekommen und kochten ab. »Na, wia is ganga daham?« fragte der Toni verschmitzt. »War er recht z'wied'r, der Alt? Schaust ja ganz verharmt aus. – Kümmer' di' net, bis wieder kommst am Samsta', is all's anders, I kenn 'hn, den Lawiner!«

Ambros gab keine Antwort, er ging in die Stube, wühlte sich ins Heu und starrte auf den leeren Platz in der Ecke, in der sie gestern gelegen. Qualvolle Bilder stiegen auf vom Lawinerhof, Bilder, wie er sie nie geschaut, nie gedacht. – Der Schrei von gestern tönte wieder in seinem Ohr, so deutlich, daß er sich oft aufsetzte und lauschte. Dann war es wieder, als ob Löwen brüllten, Wölfe heulten, die ganze Hölle los wäre, die brannte in seiner Brust.

Drittes Kapitel

Der Lawiner war »Reisjäger« im königlichen Revier. Er hatte die Berechtigung, Raubzeug abzuschießen, dann und wann mit Erlaubnis des Jagdverwalters, des Försters, ein Stück Wild oder ein Gams; als Gegenleistung war er zum Jagdschutz verpflichtet.

Die Vergünstigung der Reisjägerei wurde an zwei Kategorien der ländlichen Bevölkerung verliehen.

An die Großbauern mit ausschlagenden Stimmen im Gemeinderat im Fall einer Verpachtung oder irgend einer anderen jagdlichen Frage, oder an die »Kritischen«, in deren Adern das Wildererblut sich gar nicht geben wollte, an Männer von sonst unantastbarem Rufe, die aber in diesem Punkte anrüchig waren, einfach, um ihrer nie ausrottbaren Leidenschaft ein Betätigungsfeld zu geben, sie ungefährlich zu machen.

Der Lawiner gehörte zu beiden Kategorien. Er hatte eine gewichtige Stimme im Rat und soll kein Guter gewesen sein auf der Wildbahn als Junger, die Wilderei lag früher sozusagen auf dem Hause.

Doch er war schon seit Jahren behäbig geworden und machte keinen Gebrauch mehr von seinem Recht, ja, seinem Buben, dem Ambros, in dem sich auch einmal das alte Blut rührte, verbot er geradezu den Revierbegang. Die Zeiten seien endgültig herum, der Bauer habe jetzt genug mit seinem Fortkommen zu kämpfen und keine Zeit mehr für die Jägerei.

Um so mehr fiel es auf, ihn eines Morgens mit der Büchse auf der Schulter durch den fußhohen Schnee dem Berge zuschreiten zu sehen. Der Schluß war rasch fertig: die »Zigeunerische«, die er gestern als Dirne aufgenommen.

Wie ein Lauffeuer hatte sich das Gerücht von dem Ereignis auf der Sölden, verschiedenartig aufgeputzt, im ganzen Tale verbreitet. »Das wenn ein gut tät, wär' ja all's verkehrt auf der Welt.«

»Es war ihm selber nicht wohl bei der Geschicht«, d'rum ging er mit der Büchs auf den Berg, unterdes wird wohl d' Bärbl das Haus reinigen. »Die Bärbl und a fremd's Frau'nzimmer im Haus, dann fallt d' Welt ein.«

Der Lawiner ging erst planlos, den Kopf gebeugt, die Arme nach rückwärts über den Büchsenkolben gelegt.

Was war denn eigentlich g'scheh'n seit gestern so b'sonderes? – Daß er ein arm's Weib mit ihr'm Kind in sein'm Haus aufg'nomma, Arbeit geb'n hat? Hm! Es sind schon viel arme Weiber auf den Lawinerhof komma, – aber – aber keine, die sein Sohn tags zuvor aus 'n Schnee 'rausgrab'n hat, – das is do was anders! – Also weg'n dem Ambros hat er s' aufg'nomma? – Weg'n dem Ambros? Er? Er laßt sich von sein'm Sohn a Dirn' ins Haus bringa? Lüag' di' do' net so an, Lawiner! – Sie selb'r hat dir's antan, – ihr G'schau. – Scham' di' mit deine grau'n Haar. – Aber dem Bärbl hat sie's ja a antan. Also handelt sich's um ganz was anderes, – gar net um das, was er so fürcht'. – Aber sie hat's ja selb'r verzählt gestern bei der Lamp'n, kein Viech war ihr z' wild, kein Löw', kein Bär, kein Wolf, alle san's um sie herumg'leg'n wia die zahm'n Katz'n. Er hat dann g'fragt, wia ma denn das macht? Mit dem Blick, hat s' g'antwort', nur mit dem Blick! Dabei hat s' 'hn ang'schaut, daß ihm selb'r war, als müaßt' er's grad' so mach'n wie die Katzen, – als müaßt' er sich schlag'n, töt'n lass'n von ihr.

Er hatte den Hochwald betreten. Ein kristallisches Flimmern, ein bläuliches Leuchten ringsum, und das Sonnenlicht zeichnete feuriges Gezitter auf dem Schnee, ließ die Stämme der Fichten wie Feuersäulen erglühen. Feierliche Ruhe, die nicht einmal die Empfindung des Pflanzenlebens störte, dieses leise Knisten und Fühlen des sommerlichen Waldes.

Der Lawiner war schon lange nicht mehr in den Wald gekommen, die Zimmerluft hatte ihn ganz weich gemacht. Jetzt blieb er stehen, dehnte weit die Arme im wonnigen Kraftgefühl.

So an Narr, bei der Bärbl daheim sitz'n bleib'n den ganz'n Wint'r, da muaß ma sich ja selb'r alt vorkomma. – Er und alt? Mit jedem Jungen nimmt er's auf, wenn's darauf ankommt!

Er stapfte durch den Schnee bergauf und freute sich, je höher er wurde; bis über die Knie, keinen Schnaufer mehr machte er deshalb. Wildbretfährten kreuzten sich, ganz neu – das Jägerblut rührte sich. Er folgte ihnen, sorgfältig pürschend. Sie führten ihn zu einem schmalen Schlag. Ein ganzes Rudel stand darauf und wärmte sich in der Sonne, ein starker Zehnerhirsch, zwei schwächere und Mutterwild.

Dem Lawiner schlug das Herz vor Freude! Das war einmal gewiß nicht älter, wie vor dreißig Jahren, als er den ersten heimlichen Pürschgang machte. – Wenn jetzt ein Schmalstück dabei wär'. – Er hatte noch eins gut vom Förster aus für dieses Jahr. Er ging ja keinen Schritt darum bis heut', und jetzt hätt' er, weiß Gott, was darum gegeben.

Noch einmal musterte er die Schar, irren durfte er sich nicht. Der Förster war streng und gewissenhaft. Da trat noch eines aus dem Holz – die Hand zitterte ihm – kein Kalb folgte, – ein Schmalstück'l, gerade wie er's brauchte. – Büchs au die Wang'! Jetzt stand es still. Ein Knall, vom Schnee ringsum gedämpft. Das Stück hob sich vorn; dann schlug es einen Haken und verschwand mit hohen Fluchten in den Hochwald. – Der Lawiner sprang atemlos auf die Fährte. Rote Tropfen leuchteten im Schnee. Getroffen war's. »Da wird s' schau'n, glei' den ersten Tag.« Er nannte sich selbst keinen Namen und eilte vorwärts, der Fährte nach. Zuerst zog sie durch den Hochwald. Die roten Tropfen ließen nicht aus, mehrten sich eher. Er folgte ihnen tiefgebeugt, mit gierigen Augen, wie ein Raubtier; dann führten sie in eine Dickung. Er mußte durch Schneelabyrinthe kriechen, bergauf, bergab. Die dürren Gerten der Büsche peitschten sein Gesicht. Er achtete nicht darauf, das heiße Verlangen nach der Beute wuchs in ihm. Er wußte gar nicht mehr, wo er war, so äffte ihn die Fährte.

Das kranke Stück, welches er selbst immer auftrieb, kam sichtlich nicht mehr vorwärts, breite rote Flecke zeigten die Stellen, an denen es anhielt, sie mehrten sich in immer kleineren Zwischenräumen.

Der Lawiner kannte sich aus und mäßigte seine Eile. Richtig, da stand es an einen Baum gelehnt und blickte hilflos zurück auf seinen Verfolger. Der Lawiner gab ihm den Fangschuß.

Als es stürzte, stieß er einen gellen Juchschrei aus, – jetzt schämte er sich, das tat doch nur ein ganz grüner Bursch', – dann aber sprang er zu dem gefällten Stück und knickte es. Ein warmer Blutstrom rieselte ihm zwischen die Finger.

»Da wird s' schauen!« Schon wieder der Gedanke! Die Bärbl? Zum Lachen, die Bärbl! Was kümmert sich denn die um so was: aber die andere, die Marion, die ging wohl selbst am liebsten mit.

Er sah sie deutlich vor sich stehen, das rote Tuch im Haar. »Die ganze Jagerei is nix, wenn ma' niemand hat daheim, den 's a Freud' macht, wenn ma' was mitbringt.« – Das hat's ihm auch verleid't, die Jagd; – aber jetzt!

Er versuchte das Stück auf die Achsel zu schwingen, früher war's ihm ein leichtes, aber jetzt ging's nicht mehr, obwohl er sich anstrengte, daß ihm das Blut aus der Nase floß.

In diesem Augenblicke vernahm er Axthiebe, gar nicht weit, Holzer waren in der Nähe.

»Hub!« rief der Lawiner, daß es durch den Wald hallte. »Hub!« die Antwort.

Der Lawiner machte sich daran, das Stück aufzubrechen, unterdes wird der Bursch' wohl kommen.

»Da schau', der Lawiner!« ertönte plötzlich eine Stimme neben ihm.

Der Lawiner fuhr ganz erschreckt auf, seine Stirn zog sich in Falten.

»Was führt denn di' daher, Zigarrentoni?« fragte er unwirsch.

»Mi? Die Arbet! Und di', wenn ma frag'n darf?« erwiderte der Toni lauernd. »Was i weiß, hast' scho' lang' kein Büchs mehr ang'rührt. Wird dir halt' d' Bärbl kein Ruah lass'n hab'n.«

»Is sonst keiner in der Näh', zum 'runterbringa?« fragte der Lawiner. »I möcht' di' net wied'r ans Wildbret g'wöhna,« setzte er hämisch dazu, auf die fragliche Vergangenheit Tonis anspielend.

»Meinst? No, – i reiß' mi' grad' net d'rum. Der Ambros wird eh' glei' komma.«

Da gab es dem Lawiner einen Stich. »Der Ambros? Ja, wia kummt denn der Ambros –?«

»Wir arbet'n halt' z'samm' unt'n auf'n groß'n Schlag, schau. – A net der Recht', der Ambros? Da kimmt er scho'.«

Ambros trat heran. Der Anblick des Vaters vor dem erlegten Stück verschlug ihm die Sprache. Er war nach der schlaflosen Nacht noch so erfüllt von einem Gedanken, daß er rasch die Beziehung fand zwischen dem plötzlich wieder erwachten Jagdtrieb und – Marion.

Der Lawiner wünschte in seinem Innern alle beide zum Teufel. Wie er sich die Heimkehr schön ausgemalt hat und nun – der Toni war ihm schon längst in der Seel zuwider, der falsche Tiroler, vor dem er den Förster schon lange gewarnt hat. Der Ambros aber war ihm in diesem Augenblicke erst recht unbequem.

Warum starrte er ihn denn so an, was war so besonderes daran, daß er auf die Jagd gegangen, ein Stück geschossen? Als der Junge aber sich in den Schnee kniete, mit einem Ruck ohne fremde Hilfe das Stück auf seine breite Schulter lud, da war es ganz aus.

»Hab' i' dir was g'schafft? Wenn du di' nur von der Arbet druck'n kannst. Der Zigarrentoni geht mit, laß di' net aufhalt'«.«

Ambros ließ das Stück auf den Boden gleiten. »I hätt' mi' net z' lang verhalt'n daheim. Hätst' di' net kümmern dürf'n, Vater –«

»Greif an, Toni!« befahl dieser, ohne auf den Sohn weiter zu achten.

Der Zigarrentoni ergriff das Stück bei den Hinterläufen und schleifte es im Schnee bergab, gefolgt von dem Lawiner, der keinen Blick mehr zurückwarf auf Ambros. – – –

Marion war glücklich in ihrem neuen Heim. Eine warme Stube, ein gutes Bett, kräftige Kost für die kleine Biela. Das war der Himmel nach sorgenvollen Monaten. Sie war fest entschlossen, alles zu tun, um nicht so rasch daraus vertrieben zu werden.

Das unstete Leben, das sie von Jugend auf geführt, hatte sie erfahren und scharfblickend gemacht, in dem Umgang mit den wilden Tieren hatte sie sich einen scharfen Instinkt angeeignet. Sie erkannte sofort die wahre Lage der Dinge – die Eifersucht der alten Bärbl auf sie, die Eifersucht des Bauern auf seinen Sohn. – Sie war gewohnt, heiß begehrt zu werden von den Männern, sie hatte viel gelitten darunter und war stets zur Gegenwehr bereit. Wenn sie sich halten wollte, mußte sie geschickt zwischen den zwei Klippen steuern.

Und sie wollte, sie mußte sich halten, nicht ihretwegen – sie hätte sich schon durchgeschlagen – Bielas wegen, die sie mit dem Opfermut einer Löwin liebte, die ihr alles war.

Ambros war die Gefahr. Sie dankte ihm ihr Leben. Sie war ihm mehr als gut, sie verriet es auch ihm gegenüber in ihrer Unbesonnenheit. Sie hatte ihre helle Freude an dem neuen Beweis ihrer Macht über die Männer, selbst als Bettlerin, halb verhungert und erfroren, und konnte ihr nicht widerstehen.

Im Ambros wird in den endlosen Nächten da oben der Gedanke an sie in das Unermeßliche wachsen, jeder Blick, jedes Wort wird ihn dem wachsamen Vater gegenüber verraten, wenn er wiederkommt, und dann ist es geschehen um Biela. Um Biela!

Sie mußte sprechen mit ihm, ihn warnen, aus Dankbarkeit schon. – Was wollte er von ihr, ein halbes Kind noch, ein Bauernsohn von der Heimatlosen, was wollte sie von ihm? Für Lieb und Glück war sie nicht geboren. So oft sie einer Neigung ihres Herzens nachgab, war ein Unglück geschehen.

Sie hatte nur noch die eine Aufgabe, für Biela zu sorgen. Ein glücklicher Zufall kam ihr zu Hilfe im letzten Augenblick, – er bot sich nicht zum zweiten Male. Wenn sie ihn klug benutzte, ohne Rücksicht auf sich, – wenn sie Biela für immer unter diesem Dach eine Heimat schaffen könnte.

Die Verschlagenheit der Landstreicherin und das Überlegenheitsgefühl der Tierbändigerin, die vor keinem Wagnis zurückschreckt, regte sich in ihr.

Sie hatte nie Liebe empfangen, außer von ihrem Jugendfreunde Sadi, dem Löwen, und den durfte sie keinen Augenblick aus dem Auge lassen, wenn sie seinen Käfig betrat; – diese frühe Gewöhnung hatte ihr Herz abgehärtet und ihrem Blick die Macht verliehen, über die sie sich so freute.

Nur die Bärbl fürchtete sie. Sie hatte sich von dem Bann, in dem sie im ersten Augenblicke stand, rasch erholt und witterte sichtlich die Gefahr.

Marion ging in aller Frühe an die Arbeit, als sei sie dabei aufge-wachsen, und alles ging ihr von der Hand. Die Tiere im Stalle be-nahmen sich, als seien sie unter ihrer Obhut aufgezogen.

Selbst Flax, der böse Zuchtstier, vor dem Bärbl warnte, rieb freundschaftlich den Kopf an ihrer Schulter und stieß ein Gebrüll aus, so oft sie den Stall verließ. Bärbls Anweisungen kamen überall zu spät. Sie fand mit dem besten Willen keinen Anlaß zum Tadel.

Die kleine Biela aber, als wüßte sie, um was es sich handle, hielt sich mäuschenstill und nahm die Mutter nicht im geringsten in Anspruch.

Marion fragte nicht nach dem Bauern, die Bärbl machte sie erst auf das Auffallende seines Waldbeganges aufmerksam, was ganz B'sondres muß ihm im Kopf herumgeh'n, daß ihm die Jagerei noch amal einfallt.

Marion meinte, das sei ganz gut, die Männer taugten nichts, die den ganzen Tag im Hause herumschnüffelten, und wenn sie der Anlaß dazu sei, die Fremde im Hause, dann sei sie doch wenigstens für etwas gut gewesen, wenn sie weiter ziehen muß.

Bärbl fand die Äußerung ganz vernünftig, besonders die letzten Worte vom baldigen Weiterziehen, denen sie nicht widersprach. Dann streckte sie die Fühlhörner weiter aus, kam auf Ambros zu sprechen, an dem sie Mutterstelle vertreten seit fünfzehn Jahren, auf das schlimme Verhältnis zwischen Vater und Sohn, das ihr schon so viel Kummer gemacht, das nur in des Vaters frevelhafter Liebe zu dem Hof seinen Grund habe, welchen er auch nach seinem Tode niemandem gönne, – wie der Lawiner imstande sei, bei der nächs-ten besten Gelegenheit den armen Burschen von Haus und Hof z' jag'n, ja, da brauchat's gar net viel, setzte sie mit scharfer Betonung und ausdrucksvollem Augenspiel hinzu. Die Marion meinte darauf, da könne sie ihren schuldigen Dank nicht besser abtragen, als mit dem Bestreben, Vater und Sohn näher zu bringen, und sie habe, so jung sie sei, schon gar viel Streit und Haß geschlichtet. Auch diese Rede klang für Bärbl ganz vernünftig.

Ihr Mißtrauen verlor sich immer mehr. Bärbl war ganz stolz da-rauf. Sie hatte es einmal satt, immer als der Hausdrache angesehen zu werden. Jetzt war die beste Gelegenheit, sich von einer anderen

Seite dem Lawiner gegenüber zu zeigen. Wer weiß, ob ihn das nicht umstimmt. Noch immer war nicht jede Hoffnung in ihr erloschen, Lawinerin zu werden.

Dem Lawiner war der helle Lebensmut gewachsen; es war ihm, als bringe er die erste Beute nach Haus. Das geschah damals heimlich in finsterer Nacht, wie ein Dieb schlich er sich in das väterliche Haus, aber jetzt so bei hellem Sonnenschein, ganz offen und frei! – – Aber das erlebte er doch nicht zum ersten Male, viele Dutzend Male. Was war denn heut' so besonderes dabei?

Er lachte in sich hinein. Er wußte es schon. Sogar mit dem verhaßten Toni schwätzte er ganz vertraut.

Sie traten dicht über dem Hofe aus dem Wald. Der Lawiner wurde absichtlich laut, stieß mit dem Bergstock auf jeden Stein. Niemand ließ sich sehen, das verdroß ihn. Er hatte sich den Empfang anders gedacht.

Vor der Haustür ließ er das Stück liegen, griff in die Tasche, nahm ein Markstückl und reichte es dem Toni.

»Da, hast a Trinkgeld, mach', daß d' wieder 'naufkommst. – Bärbl!« schrie er dann zornig, die Büchs auf die Erde stoßend.

Marion trat heraus. Sie sah mit sichtlichem Wohlgefallen auf den Mann vor ihr. Er sah jetzt um Jahre jünger aus, das kräftige Antlitz rosig gefärbt, kerzengerade, die Büchse in der Faust. Dann schweifte ihr Blick herab auf das Wild zu seinen Füßen.

Sie schlug die Hände zusammen. »Der Herr – geschossen?«

Der Lawiner lehnte sich auf die Büchse und nickte wohlgefällig.

Marion kniete nieder und befühlte die Todeswunde, strich mit der Hand über die weiche Wilddecke. »Das freut mich, Herr, daß ich Glück gebracht.« Dann sah sie mit einem bewundernden Blicke zu dem Jäger aus. »Muß das schön sein, Herr, – so jagen im Wald. Möcht' wohl auch einmal mit –«

»Wirklich? Tät's dich freu'n?« fragte der Lawiner, »gleichseh'n tät's dir schon.«

Er betrachtete sie mit Wohlgefallen.

Das schwarze Haar hing jetzt in wohlgeordneten Zöpfen den Nacken herab, ihre Kleidung war einfach und rein, und alles saß ihr so gut.

Sie sah jetzt wirklich aus wie eine vom Tal, und doch wieder ganz anders. – Keine hätte man daneben stellen können weit und breit.

»Da hast a große Ehr' aufg'hob'n.«

Der Lawiner wandte sich ärgerlich. Der Toni stand noch immer da.

»Auf was wart'st denn du?« fragte er ärgerlich.

»Auf d' Bärbl«, erwiderte der Toni verschmitzt.

Da trat die Genannte schon aus dem Haus, stutzte beim Anblick des Wildes. »Was fallt denn jetzt dir no ein, d' Jagerei no amal an-z'pack'n?« sagte sie, in ihren alten, mürrischen Ton verfallend.

»Bin i dir vielleicht z' alt dazua?« meinte der Lawiner. »Bin i z' alt dazua, Marion?« fragte er die Fremde selbstbewußt.

»Zu alt, – Sie? Da muß ich lachen. Gestern ja, da sahen Sie schon so aus, aber heut', wie ich eben herauskam, – nun das macht die Freude, die macht jung, Herr, die Lieb' zu einer Sache – o, das kenne ich auch – Freud' und Lieb' hält frisch und jung, darum gehen Sie nur recht oft auf die Jagd, – recht oft. Die Arbeit machen wir schon, Bärbl und ich –«

»Geschwätz, dumms«, begann jetzt die Bärbl. »Der Bauer ist der Bauer und g'hört auf'n Hof und net auf d' Jagd. Freud' und Liab, als ob der Mensch dazua auf der Welt wär'! Geh' mir weiter mit solche Sprüch' auf dem Lawinerhof.«

»So? Und i laß' 'hn über die Tür schreiben vom Lawinerhof, den Spruch. Jetzt weißt, wie's d'ran bist, Bärbl. ›Freud' und Liab macht frisch und jung‹.« Er streckte beide Hände Marion entgegen, die sie zögernd ergriff. »Recht hast, i hab's g'spürt heut', Marion, zum erstenmal in mein' Leb'n, – aber 's is no net z' spat, o nein, no lang net.« In den Augen des Lawiners blitzte es auf. Er drückte fest Marions Hand und betrat das Haus.

»Aber aufschiab'n tät i a nix mehr, Lawiner, wenn schon – denn schon.« Der Toni sprach die Worte.

Der Lawiner hatte ihn ganz vergessen in seinem Eifer. Drohend hob er jetzt die Fäuste gegen ihn. »Nimm' di in acht, Bürschl, daß i bei dir net den Anfang mach', mit dein'm nix aufschiab'n.« Es klang gar nicht so ernsthaft, als er sich den Anschein gab.

Der Toni eilte schon dem Walde zu, nicht einmal den Schnaps der Bärbl wartete er mehr ab, so eilig hatte er es.

»Nun, habe ich gesagt zu viel,« sagte Marion völlig arglos zu Bärbl. »Glauben Sie jetzt, daß ich bin für was gut im Hause?«

Das war zu viel für Bärbl's Verstand. Eben wollte sie losbrechen in hellem Zorne, der Dirne den Standpunkt klar machen, sie hatte sich schon in Position gesetzt, die Arme eingestemmt, – da tat sie sich noch etwas zu gut darauf, und kein böser Gedanke stand auf ihrer Stirn – und aus den schwarzen Augen blickte keine Spur von Falschheit, am Ende war doch sie im Unrecht! Ihr Widerstand war von neuem gebrochen.

»I glaub' all's,« sagte sie ganz verwirrt, »gar all's«, und ging kopf-schüttelnd in das Haus.

In Marions Antlitz glänzte der Sieg; dann spannte sich plötzlich trotzig jeder Zug, sie machte mit dem Arme eine Bewegung fester Entschlossenheit. Jetzt stand sie fest, Biela hatte eine Heimat gefunden.

Der Lawiner war wie ausgewechselt. Er pfiff und sang im Hause herum. Die Stube kam ihm noch nie so freundlich, so sonnig vor, das Vieh im Stalle noch nie in so trefflicher Verfassung. Es stand wirklich nichts auf gegen den Hof, ein Prachtgütl, geschaffen, es sich recht wohl sein zu lassen, und gerade daran hatte er großer Narr nie gedacht, nix als Arbeit und Arbeit! – Wie ihn der eine Gang, das bißchen Jagdglück schon aufgeriegelt hat, und dann bei der Heimkehr ein freundliches Gesicht, a richtig's Wort, a Mitg'fühl, – alleweil die alte Bärbl und wieder die alte Bärbl, so a ganz's Leb'n lang. – Förmlicher Durst nach Freude, nach Leben erfaßte ihn.

Etwas mußte geschehen, heute noch. Der Tag sollte nicht so le-dern enden, wie all die hunderte, die seit Jahren verflossen.

Bärbl mußte ein Stück Wildbret herrichten zum Nachtmahl, er zapfte das Faßl Tiroler an, das schon seit Jahr und Tag unberührt im

Keller lag, und Marion mußte auch dabei sein. Sie gehörte jetzt zum Haus, da konnte die Bärbl nichts daran aussetzen.

So ein richtiges Jägermahl! – So wohl hatte er sich noch nie gefühlt, wie neu geboren. Marion neben ihm mit der kleinen Biela. Er war sonst gewiß kein Kinderfreund, aber das Mädel gefiel ihm, wie es sich so heimisch fühlte am Tische, als gehöre es längst hierher, ganz ohne Scheu, – wie eine wirkliche Familie saßen sie beisammen.

Und Marion erzählte Geschichten um Geschichten, so unterhaltend, wie er sie noch nie gehört, von ihren Reisen, von ihren Tieren, von ihren Abenteuern mit ihnen, von ihrem Liebling, dem Löwen, der aus ihrer Hand gefressen, ihr das Gesicht abgeleckt, von den Wölfen, die ihr gefolgt wie zahme Hunde, von den tollen Streichen der Affen, und ihre Augen leuchteten, ihr ganzer Körper erzählte mit. – Die ganze Nacht hätte er zuhören können. Bärbl selbst riß Mund und Ohren auf und vergaß das Schelten.

Der Lawiner sprach dem Tiroler tüchtig zu, auch Marions Antlitz glühte von Wein und dem erregten Gespräche.

Der Mann gefiel ihr wirklich, abgesehen von der Dankbarkeit, die sie für ihn empfand. Dazu kam eine gewisse angeborene Gefallsüchtigkeit, der starke Drang, zu unterwerfen, zu beherrschen, in ihren Bann zu zwingen, den sie sich in den Käfigen angeeignet. Ihre Augen sprachen heiße Worte, jede Bewegung hatte etwas Geschmeidiges, Umschlingendes. Dem allen war die knorrige, schlichte Natur des Lawiners nicht gewachsen, das Feuer der Jugend entzündete sich in ihm.

Bärbl hatte den Tisch abgeräumt. Die beiden achteten längst nicht mehr auf sie, sie sahen auch nicht mehr ihre drohenden Blicke, als sie unter der offenen Küchentür noch einmal stehen blieb, so ganz waren sie verloren ineinander. Bärbl konnte ihn noch immer nicht fassen, den rätselhaften Anblick. Der Unterschied der Jahre verwischte sich immer mehr. Dort saß ein Mann in der Blüte seiner Jahre, voll Kraft und Leben, neben einem reifen Weibe. Der »alte« Lawiner mit dem grauen Bart und dem gebeugten Rücken war verschwunden.

Ein teuflischer Zauber war's, nichts anderes, da half keine Gewalt, nur beten – beten –

Sie machte das Zeichen des Kreuzes auf Stirn und Mund und ging in die Küche. Der Mond warf seinen Schein durch das kleine Fenster. Es brannte kein Licht in der Küche, und auch das Feuer war schon ausgegangen.

Da huschte ein Schatten draußen über die leuchtende, flimmernde Schneedecke.

Bärbl, schon einmal in den Kreis dunkler Mächte gezogen, die ihr Spiel trieben in dem Haus, rief den Namen ihres Schutzpatrons, schlich aber doch an das Fenster. Ihr immer noch scharfes Auge entdeckte eine frische Fährte im Schnee, sie führte aus dem Walde heraus, lief hinter den Bretterschuppen in den Gemüsegarten, aber nicht mehr hervor. Dahinter steckt es also, – aber was?

Ein Dieb? – Ein Dieb kommt nicht im Schnee. Ein Dieb wird sich hüten, wenn der Bauer zu Hause, noch Licht brannte in der Stube. Es gibt auch gar keine Diebe in der Gegend.

Die Fremde! Wenn's das wär'. – Sie schleicht sich erst ins Haus, kundschaftet alles aus, dann kommt das Gesindel nach. Sie öffnet in der Nacht die Tür. –

Oft hat sie so etwas gelesen. – Jetzt fürchtet sie sich gar nicht mehr, jetzt lacht sie sogar.

»Na wart', dir wird'n wir scho' heimleicht'n, dir und ihr. – Das wär' a Spaß, – der verliabte Alte und die Diebin, – dann wär' ja all's, all's wieder guat. Grad' lachen wollt' sie –«

Jetzt wich sie nicht mehr von ihrem Posten. Ihr Glaube wurde immer mehr zur Gewißheit. Das Flüstern, das heimliche Lachen, das herausdrang aus der Stube, berührte sie gar nicht mehr.

Nur zu! Die Schand', die er sich selber antuat, wird nur immer größer.

Plötzlich löst sich etwas los vom schwarzen Schuppen, – ein Mann! Noch blieb er im Schatten, dann schlich er, den Rücken gekrümmt, gegen das Fenster, aus dem ein breiter, gelber Lichtschein fiel.

Bärbl stockte der Atem. Sollte sie Lärm machen? Wenn ein Unglück geschähe. – Jetzt hatte er das Fenster erreicht, drückte sich an die Wand, hob den Kopf bis zu der Scheibe.

Bärbl konnte einen leisen Aufschrei nicht unterdrücken, – Ambros war's!

Zuerst war es ein Gefühl der Enttäuschung, das sich ihrer bemächtigte, sie hatte sich schon ganz in den Dieb hineingedacht, dann aber leuchtete es in ihr blitzartig auf, – die Lösung! Der Diebin hätte er am Ende auch noch verziehen, der verliebte Narr, der Geliebten des Sohnes verzeiht er nie.

Ambros schlich gebückt über den Hof. Bärbl folgte der dunklen Gestalt, welche einen grotesken Schatten über den Schnee hinwarf, mit gierigem Blick. Sie schlüpfte in den Stall.

Das hatte sie erwartet. Er wußte, daß Marion durch den Stall auf ihre Kammer ging.

Bärbl betrat möglichst unbefangen die Wohnstube; trotzdem schrak das Paar am Tische sichtlich auf, wie über Unrechtem ertappt.

»Die Fleck blärrt so schiach. Was wohl hat?« bemerkte die Bärbl, sich am Tische zu schaffen machend.

Marion ergriff sichtlich froh die Gelegenheit, sich zu entfernen. Ihr Gesicht war gerötet, ihre Züge in starker Erregung. »Werde gleich schauen.« Schon war sie draußen.

Der Lawiner goß ein volles Glas Roten hinunter und stieß das leere Glas zornig auf die Tischplatte zurück.

»Natürli – das häst net d'erlitt'n, grad' g'wart' hab' i d'rauf.«

Bärbl sprach kein Wort. Das reizte ihn noch mehr. »Nutzt dir aber nix, ja, i sag's grad' 'raus, sie g'fallt ma, die Dirn. No mehr, wenn du 's hören willst, i könnt' ma den Hof gar net mehr denken ohne die Marion.« Sein Zorn wuchs gegen die immer noch schweigende Bärbl. »Und wenn die ganze Welt sich aufricht' dagegen, i halt's.« Er schlug mit der Faust auf den Tisch, »gegen dich, gegen den Pfarrer, gegen den Ambros – all's gleich –«

»Gegen den Ambros!« Bärbl lachte hämisch.

Der Lawiner verstand sie wohl, trotz des kleinen Schwipses, den er sich angetrunken. »Was hast da schon wieder mit dem Ambros?« fragte er.

»Wo sie nur bleibt!« bemerkte diese, ohne auf seine Worte zu achten. »D' Fleck is ja längst stad.«

»Antwort gib!« drängte der Lawiner, »was is mit dem Ambros?«

Bärbl hatte plötzlich ihre Ruhe verloren, sie war vorgetreten, hatte den Arm des Bauern ergriffen, Haß und Freude leuchteten aus den grauen Augen.

»Geh in den Stall und schau selber, was is mit dem Ambros.«

Der Lawiner fuhr auf, »Mit dem Ambros – im Stall? Bärbl, gib' Obacht, was d' red'st. Der Ambros is ja auf der Sölden. Net auf der Sölden?« Er ergriff Bärbls Arm, daß sie aufschrie, »net auf der Sölden, der Ambros?«

Bärbl bereute fast ihren Verrat. »Er wird halt z' red'n hab'n mit dir –« wich sie aus.

Der Lawiner stutzte einen Augenblick, dann ging er zur Türe, zögerte noch einmal, verschwunden war er, die Tür fiel hinter ihm in das Schloß.

»Ganz recht, s' g'hört ihm net anders. Wenn er's net mit eigenen Augen sieht, – und er wird's seh'n mit eig'nen Aug'n –« Bärbl öffnete die Tür, horchte. Jetzt mußte er schon im Stalle sein. Sie schlich auf den Gang – alles still! Wenn der Ambros am Ende doch nicht – dann hat sie's nur schlimmer gemacht. Angst befiel sie, als ob in der Stille irgend etwas Unheilvolles sich vollziehe.

Die Tür, welche von der Küche in den Stall führte, stand offen. Die erblindete Laterne an dem spinnenumwobenen Querbalken ergoß ihr mattes Licht über die fleckigen Rücken der Kühe und auf die auf den Balken der Decke schlafenden Hühner. Schwerer Stallgeruch erfüllte den Raum. Über den breiten Rücken des Flax, des Zuchtstieres, der sein Genick, mit der Kette rasselnd, am Barren rieb, erblickte sie Marion. Sie sprach heftig, offenbar mit Ambros, den Bärbl nicht sehen konnte. Erst war kein Wort zu vernehmen vor dem Lärm des Flax, dann traute die Bärbl ihren alten Ohren nicht. »Ich will aber nicht, nein, ich will nicht!« klang es energisch. Dann sprach wohl er, sie aber schüttelte das Haupt. »Das ist nicht wahr, ihm bin ich Dank schuldig, der mich aufnahm mit meinem Kinde, der mir ein Dach bot und Brot, mir und Biela. Nie werde ich ihn verraten – niemals!«

Die Bärbl hätte in den Boden sinken mögen vor Scham. Deshalb ließ sich der Lawiner nicht sehen, er lauschte wohl irgendwo im Dunkel und konnte sich nicht satt hören, und sie achtete es wohl, die schwarze Hexe, und sprach ihm jedes Wort zu Gefallen, und sie, die Bärbl, war die gehässige Verleumderin für alle Zeit.

Jetzt tauchte der Kopf des Ambros auf. »Hast ihn gar gern, den Alten?« Das junge Antlitz, auf das jetzt das volle Licht der Laterne fiel, erschien um Jahre gealtert, ganz verzerrt.

Eine lange Pause. – Bärbl drückte den Daumen fest in die Faust. Jetzt galt's! Sie, oder Marion!

Ambros flüsterte wohl eine zweite Frage. Marions Haupt hob sich energisch. »Wenn Sie es denn wissen müssen – Ja! Ja!«

Ambros stieß ein gellendes Hohngelächter aus, dann sah Bärbl nur noch seinen Kopf sich dem Marions nähern, zwei ringende Arme –

Flax brüllte laut – dann tauchte plötzlich der Lawiner aus dem Dunkel auf – er faßte Ambros, der Marion in seinen Arm gezwungen, – ein dumpfer Schlag – noch einer – ein zornerstickter, stöhnender Aufschrei – Ambros taumelte zu Boden.

Da hielt es Bärbl nicht länger; sie eilte vor und trat zum Lawiner. »Schandmensch! Rabenvater! Von wegen so einer abg'feimt'n Dirn. – Merkst denn nix? – Daß all's für dich gered't hat, – verliabter Narr!«

Der Lawiner machte Miene, sich auch an Bärbl zu vergreifen, sein Antlitz war aschfahl, und die Augen leuchteten unheimlich darin, da prallte er vor Ambros zurück, der sich dicht vor ihm erhoben, das Gesicht blutüberströmt. Er hatte die Hand wie zum Schwur erhoben.

»Vater!« lallte er mit dumpfer Stimme. »Das werd' i dir net vergess'n. I bin dein Sohn net mehr – von heut' an – net mehr.«

Der Lawiner lachte gezwungen auf.

»Das kannst halt'n, wia d' magst. Kannst a bleib'n, o ja, hat keine G'fahr mehr. Grad' für heut geh' mir aus d' Aug'n – und vor allem der Marion,« setzte er, von neuem in Zorn geratend, hinzu, »die an Ekel hab'n muaß vor deiner Frechheit.«

»Is das wahr, Marion?« fragte Ambros die Fremde, welche mit seltsam lauerndem Blick den Auftritt angesehen, als ob sie in ihrem Käfig stände und den rechten Augenblick abwartete, einzugreifen in den Kampf ihrer Zöglinge, »Grad' a Wort, Marion – und i geh'.«

»I danke dir für alles, was du an mir getan, ich werde es nicht vergessen; mehr verlange nicht von mir,« erwiderte sie ohne jede Wärme, ganz mechanisch.

Ambros trat, von Bärbl begleitet, in die Winternacht hinaus, erst am Waldsaum trennten sie sich. Da kam es über ihn; schluchzend warf er sich an die Brust der alten Bärbl.

»Kümmer' di net, i wach' über den Lawinerhof, und wenn ma glei' 's Herz d'rüb'r bricht.« So tröstete sie ihn.

Als sie allein zurückkehrte, war das Licht erloschen im Wohnzimmer. Sie betrat das finstere Haus. Etwas Unheimliches, Drohendes kroch darin umher, die leibhafte Sünde.

Sie sprengte Weihwasser aus, bekreuzigte sich und schloß die Tür ihrer Kammer hinter sich zu.

Viertes Kapitel

Die Heirat des Lawiner mit der »Zigeunerischen« hatte das ganze Tal in Aufregung versetzt. Das war eine gröbliche Verletzung alles Herkommens, jedes gesunden Standesgefühles. Was sollte man von den »Jungen« erwarten, wenn einer mit grauen Haaren sich so etwas erlaubt, was von den kleinen Leuten, wenn ein altansässiger Großbauer, zu dem man immer mit einer gewissen Verehrung hinaufgeblickt, so weit herabstieg. Eine Landstreicherin, eine Tierbändigerin, wie man sie auf den Jahrmärkten zu sehen bekam, eine Dirn von höchstens achtundzwanzig Jahren und der sechzigjährige Lawiner.

Da war nur eines möglich, – antan hat sie's ihm mit irgend einer Teufelei, wie sie das Volk seit Jahrhunderten treibt!

Seinen einzigen Sohn, den kreuzbraven Ambros, der das schwarze Unglück ins Haus gebracht hat, hinausjagen, enterben, und dafür das Straßenkind annehmen, das die Fremde ihm ins Haus gebracht hat, so etwas fällt doch einem gesunden Menschen nicht ein, vor allem nicht dem Lawiner, der sein Lebtag mit den Weibsleut'n nichts zu schaffen haben wollte. – Die Hex' war fertig! Man wartete nur mehr gespannt auf die Entwickelung. Irgend etwas Besonderes mußte sich ereignen, irgend ein Fluch sich erfüllen, wenn er nur nicht noch so und so viele Unschuldige mit sich zog.

Doch alles blieb beim alten, eitel Frieden herrschte im Lawinerhof, sogar die alte Bärbl war geblieben. Am Sonntag erschien die Verhaßte sogar jedesmal pünktlich mit dem Lawiner in der Kirche, versäumte keinen Brauch und keine Übung, und der Pfarrer behauptete sogar, sie sei ihm lieber wie manche, die beim zahmen Viech aufgewachsen.

Allerdings, hineinsehen konnte man ja nicht in den Lawinerhof, der jetzt noch verschlossener dalag, wie vorher, und was das Aussehen des Lawiners betraf, so konnte man gerade auf eine wahre Herzensfreude nicht schließen. Das war noch der einzige Trost. Wenn das glatt hinausginge, wo bliebe denn da die göttliche Gerechtigkeit? Da tät's zuletzt mancher ihm nachmachen und nach einem schönen G'sicht heiraten, gleichviel wo's herstammt! Denn schön war sie, ganz teuflisch schön, das konnte niemand leugnen. Alle Burschen drehten den Kopf nach ihr, wenn sie die Kirche betrat.

Etwas völlig Fremdartiges, Wildes, und doch wieder echt Weibliches lag in diesem wohlgeformten Antlitz, sprach aus diesen schwarzen Augen unter den starken Wimpern. Die Erzählungen, die über ihren früheren Beruf gingen, über die wilden Tiere, die sie gebändigt, über den Löwen, ihren Jugendfreund, erhöhten nur den Reiz für die jungen Männer. Dabei arbeitete sie auf Feld und Hof, als wäre sie dabei aufgewachsen; das Anwesen war noch nie in besserem Stand.

In dem ewigen Gleichmaß des Dorflebens verwischt sich die Zeit, die spurlos dahinschwebt. Sechs Jahre waren vergangen ohne irgend eine bemerkenswerte Veränderung im Lawinerhof. Die Gemüter hatten sich längst beruhigt, die Verbindung des Bauern mit der Landstreicherin, von der man sich irgend etwas Besonderes, irgend eine aufregende Abwechselung in dem ewigen Einerlei erwartete, war in das Bereich des Gewöhnlichen gerückt.

Der Ambros war verschollen und vergessen. Der Lawiner, hieß es, habe ihm ein schmales Erbteil ausbezahlt und sich für immer von ihm losgesagt, nachdem es zwischen ihm und dem Buben zu einem argen Auftritt gekommen sei von wegen der Landstreicherin; er sei mit seinem Freunde, dem Zigarrentoni, nach Tirol ausgewandert und dort irgendwo in Dienst getreten.

Einmal wurde noch beim Landgericht Nachfrage nach ihm gehalten, sein Leumund eingefordert, ob er früher schon der Wilderei ergeben gewesen sei, dann hörte man nichts weiter mehr davon.

Im Lawinerhof selbst war die Zeit nicht so spurlos vergangen. Der Lawiner war erst so betäubt von seinem späten Liebesglück, das so grundverschieden war von dem, welches er in seiner Jugend genossen hatte, daß er völlig aus seinem Geleise kam. Er hatte nicht mehr die Kraft, in solchem Ansturm der Leidenschaft sein eigenes Selbst zu wahren.

Marion durchdrang ihn ganz mit ihrem starken Naturell, vom Lawiner blieb nichts mehr übrig; ohne daß er es merkte, entsank die Herrschaft im Hause völlig seiner Hand. Es gab keine Arbeit mehr für ihn; alles war stets schon getan, es gab keinen Befehl mehr für ihn an das Gesinde, keine Anordnung, alles war schon angeordnet. Das Haus selbst, die Wohnräume veränderten sich allmählich, ohne daß er es verhindern konnte. Das Bäuerliche wurde verdrängt, etwas ihm Fremdartiges, Unsympathisches zog ein. Die Fenster bekamen bunte Tuchvorhänge, die Holzmöbel mußten gepolsterten weichen, die schlichten Wände wurden tapeziert und mit buntem Allerlei geziert. Marion liebte die Farbe, all den falschen Tand, der ihrem früheren Lebenskreise eigen, das Phantastische, Abenteuerliche. Sie hätte es nicht ausgehalten in dem ernsten, kahlen Hause.

Der Versuch des Lawiner, sich hinter die Bärbl zu stecken, schlug völlig fehl. Die Alte hielt sich zu seinem Staunen völlig auf die Seite Marions. Die könne jetzt nicht auf einmal aus der Haut fahren, und eine junge Frau habe nun einmal ihre Rechte; ob er denn glaube, sie habe ihn seinem grauen Haar zuliebe geheiratet.

Er durchschaute sie. Sie wollte sich nur rächen, so unbehaglich ihr selbst dabei zumute war; er hatte nichts zu hoffen von ihr. Sie hatten ein Bündnis geschlossen, Marion und Bärbl. Er hatte jetzt zwei Herrinnen statt einer.

Doch was konnte ihn das alles kümmern? Marion war ihm treu ergeben und hielt alles in bester Ordnung, etwas anderes füllte das ganze Haus, für ihn bis zum Ersticken, etwas, was ihm im Laufe der Zeit unerträglich wurde, gerade seinen Haß heraufbeschwor. Biela, die mit der Kraft des fremden Blutes, das in Marion rollte, heranblühte auf der fetten Weide des Lawinerhofes.

Alles bezog sich auf das Kind, alles ging von ihm aus, kehrte zu ihm zurück, – das kleine Wesen mit dem dichten Schwarzhaar, den großen, leuchtenden Augen, auf dessen bewegliches, von der Mutter ererbtes Wesen die neue Lebensweise, die behäbige, idyllische Ruhe des Bauernhofes äußerst günstig eingewirkt, das die Vorzüge zweier völlig entgegengesetzter Lebenssphären gleichsam in sich vereinte, zog alles in seinen Bann, selbst der Lawiner wäre ihm unterlegen, wenn nicht ein ständiger Stachel ihm in die Seele gebohrt hätte. Für das Kind ist geschehen, was geschah, Biela galt es, nicht ihm. Für Biela hatte sie sich geopfert.

So oft er sich den Gedanken auch aus dem Kopfe schlug, Gegenbeweise herzlicher Zuneigung ihm entgegenhielt, er kehrte immer verstärkt wieder und zog allmählich einen Haß groß in seinem Herzen gegen das kleine Wesen, dem er in seiner ersten Liebestollheit und seinem Zorn über den Sohn den ganzen Hof überschrieben, für den Fall ihm Marion kein Kind schenke, seinen ganzen Grund und Boden, für den er so manches Unrecht, so manche Härte schon begangen, den er seinem eigenen Kinde nicht gegönnt.

Am tollsten trieb es die alte Bärbl; Biela nannte sie gar nicht anders als Großmutter, und mit jedem Jahre trat der Lawiner mehr in den Hintergrund, sah er immer mehr ein, daß er doch der Betrogene war, wenn man es recht ansah, um Haus und Hof Betrogene.

In solchen Augenblicken dachte er dann mit bitterer Reue des fernen Sohnes, und oft hatte er alles darum gegeben, wenn er ihn wieder von der Sölden hätte herunterkommen sehen, ja, nur um eine Nachricht über seinen Aufenthalt.

Bärbl stand mit ihm in Verbindung, das wußte er bestimmt; aber sie schwieg beharrlich ihm gegenüber, und er schämte sich, sie darüber zu fragen; was ihn aber am meisten verdroß: sie hatte Marion ins Geheimnis gezogen, der Name wurde zwischen beiden genannt, ja, es kam ihm vor, als wenn gerade dieser Name das Bindeglied wäre zwischen Marion und Bärbl.

Da gab es nur einen Trost für ihn: den Berg und die Jagerei. Der Lawiner hatte sich förmlich in den Dienst des Försters gestellt und arbeitete wie ein bezahlter Jagdgehilfe. Das Revier reinzuhalten von aller Dieberei, dann und wann einen guten Hirsch oder Gemsbock zu schießen, war der einzige Ehrgeiz, welcher dem stolzen Bauer noch übrig geblieben.

Wehe dem, der es gewagt, ihm auf diesem Grunde entgegenzutreten, sein Blut hätte er dafür eingesetzt. Die Mannheit, die er daheim endgültig verloren fühlte, fand hier das letzte Feld der Betätigung.

Er war oft die ganze Woche aus, nächtigte in der Jägerhütte und überließ den Hof den Weibern.

Marion verstand es immer wieder, wenn er heimkehrte, mit oder ohne Beute, seiner Leidenschaft zu schmeicheln, seiner jetzigen Tätigkeit eine Bedeutung beizulegen, welche sie im Grunde genommen für einen Hofbauern nicht hatte.

Das versöhnte ihn immer wieder, ließ ihn alles andere, was er sah und hörte, vergessen. - - -

Wieder war es Hochsommer im Gebirge – August. Die Böcke sprangen aufs Blatt, der Feisthirsch, der sonst ewig unsichtbare, hatte keine Ruhe vor den Bremsen und suchte die Suhlen auf.

Der Lawiner war seit Montag draußen im Revier, trotz der Heuernte, die alle Arme beschäftigte. Das besorgte die Marion.

Eine drückende Hitze lag auf dem Felde, das Heu rauschte unter dem Rechen, daß es eine Freude war. Marion und Bärbl arbeiteten einträchtig nebeneinander. Vom grellen Sonnenlicht umflimmert erschien die Lawinerin noch größer und kräftiger in jeder Bewegung. Sie hielt wiederholt inne, lüftete das rote Kopftuch, während ihre Blicke den Wald suchten, der an die Wiese grenzte.

Biela hatte ihn aufgesucht, Beeren zu sammeln. Sie war schon über eine Stunde aus. Die Arbeit ging ihr nicht von der Hand ohne Biela.

Bärbl, deren von der Sonne ausgedörrte Arme immer von neuem ausgriffen, sah sie von der Seite an.

»Wart i schon vier Jahr lang auf *ein'*, schau und frag' den Wald darnach,« begann sie plötzlich.

»Wünsch' ihn nur recht fest herbei, und auf einmal ist er da,« erwiderte Marion. »Wir können alles, was wir fest wollen. Darin liegt alle Zauberei.«

»Und bringst dei' Dirndl net mal aus 'n Wald, mit all' dein'm –.« Da schwieg sie, Biela kam zwischen den Bäumen hervor über die Wiese geschritten.

In das glänzend schwarze Haar waren rote und blaue Blumen gesteckt, in schweren Strähnen fiel es zu beiden Seiten über das erhitzte Gesicht herab, die jugendliche Brust ging hoch, wie nach strengem Laufen; trotz der Kindlichkeit der ganzen Erscheinung lag eine frühe Reife über derselben, wie sie nur dem Süden eigen, ein Ausdruck von Weiblichkeit, der dem Alter des Mädchens weit vorauseilte.

Sie kam hastig auf die Mutter zu.

»Wo warst du denn so lang'? Und nicht einmal Beeren?«

Bielas Antlitz wurde dunkelrot, ihre schwarzen Augen rollten unstet, etwas Marion völlig Fremdes sprach daraus. Dabei hielt sie das Händchen fest und steif in der Rocktasche, was doch sonst nicht ihre Art – und das seltsame Augenspiel hinüber auf die Bärbl.

»Komm Mutter!« flüsterte sie plötzlich, den Augenblick erhaschend, in dem Bärbl kopfschüttelnd wieder zum Rechen griff. »I hab' was mitgebracht, nur für dich – niemand soll es sehen –«

Marion zuckte das Herz auf, sie wußte selbst nicht, warum, ohne jeden weiteren Gedanken – sie legte den Rechen weg.

»Ich komme gleich wieder, Bärbl, möchte grad' im Stall nachschaun,« entschuldigte sie sich völlig planlos, nicht fähig, Besseres zu finden.

»Grad' dein' Will'n möcht' i hab'n,« meinte die Bärbl, »dann käm' er heut' no über d' Wies'n daher, wia dei' Kleine –«

»Wer denn?« fragte Marion.

»Wer denn? Der Ambros!« erwiderte Bärbl.

Marion gab es einen Stich; zugleich drückte sich die Hand Bielas fester in die ihrige. Sie sah unwillkürlich das Kind an und – las die Antwort. Von Ambros brachte sie Botschaft, so unerklärlich es ihr auch war.

Hastig zog sie Biela mit sich.

»Was hast du für mich?«

»Einen Zettel, Mutter,« flüsterte Biela, der notwendigen Heimlichkeit sich wohl bewußt »Ein junger Mann gab ihn mir. Ich soll ihn dir geben, daß es niemand sieht –«

»Wo trafst du den jungen Mann?«

»Auf dem großen Schlag. Ich suchte nach Erdbeeren, da stand er plötzlich vor mir. Erst bin ich erschrocken, so wild sah er aus, wie ein Räuber, dann sprach er mich an. ›Heißt du nicht Biela?‹ Da fürchtete ich mich gar nicht mehr. ›Ja, so heiße ich, Biela.‹ Da hat er sich hingekniet – und gepackt hat er mich, und geküßt hat er mich, und geweint hat er auch – und ich hab' mitgeweint – und ich muß wieder weinen, wenn ich daran denke, wie gut und lieb er war, und wie schlecht es ihm wohl gehen muß.«

»Und dann?«

»Dann? Dann tat es plötzlich einen schrillen Pfiff im Walde, – da ist er aufgesprungen und – und weg war er.«

»Aber er gab dir doch etwas mit? Du hast doch eben davon gesprochen,« drängte Marion.

Biela holte ein Stück abgerissenes Papier heraus, fest zusammengefaltet. »Da, das hat er mir gegeben. Zuerst wollte er mir selber alles sagen, dann – dann hat er es doch aufgeschrieben, und einen Gruß von Ambros soll ich sagen, dir ganz allein, und niemand soll es hören, auch die Bärbl nicht. Er hat mich so schön gebeten darum. Mutter, wenn du es jemand sagst, ich wäre dir nimmer gut.«

Marion hörte nicht mehr, sie verschlang die derbe undeutliche Schrift.

»Marion! Ich bitt' Dich nur noch um eins in der Welt, – laß mich Dich allein sprechen, um's Dunkelwerd'n, bei der großen Buch'! Zum letztenmal. Morgen geht's nach Amerika, Ambros!«

Sie steckte hastig den Zettel zu sich. »Ich werd's niemand sagen, – Biela, gewiß, aber auch du mußt deinen Mund halten. Weißt du denn, wer er ist, den du im Wald getroffen?«

»Wer denn, Mutter?«

»Das ist der Mann, der dich und mich aus dem Schnee gegraben vor sechs Jahren, der uns vom Tod gerettet.« – »Der Mann?« Biela blickte starr in das Weite, eine dunkle Erinnerung stieg wohl auf in ihr. »Darum hat er geweint, – der brave Mann. Wenn ich das gewußt hätt', ich hätt' ihn gleich mitgebracht. Kommt er nicht mehr? Ich hab' ihn so lieb, den Mann.« Marion bewegten die Worte heftig. Mühsam faßte sie sich. »Vielleicht, Biela, wenn du schweigen kannst –«

»O, das kann ich, verlaß' dich darauf. Niemand soll von mir was hören, auch der Vater nicht.«

Marion kehrte lange nicht zur Arbeit zurück, immer wieder las sie den Zettel. Sie durfte ihm die Bitte nicht verwehren, ihrem Lebensretter, der um sie so viel gelitten, seine Heimat verloren; im Gegenteil, sie mußte alles tun, ihn zu halten, ihn mit dem Vater auszusöhnen. Und warum wandte er sich an sie, nicht an seine alte Freundin, die Bärbl, warum wollte er sie allein sprechen? Hoffte er noch? Auf die Frau seines Vaters? Rechnete er mit den sechs Jahren, die vergangen, oder wollte er sie zur Rechenschaft ziehen, ihr Vorwürfe machen, sich rächen?

Der Pfiff fiel ihr ein, von dem Biela gesprochen. Er war nicht allein gekommen, mit dem verrufenen Toni wohl, der ihr damals schon verhaßt, mit seinem bösen Blick, in der Winterstube, mit seinem boshaften Lachen damals, als er an dem verhängnisvollen Tage mit dem Lawiner das geschossene Stück heruntergebracht.

Gleichviel, sie war fest entschlossen, zur Buche zu kommen in der Dämmerstunde, wie auf dem Zettel stand.

Träge verflossen die Stunden, ihr ganzes bisheriges Leben auf dem Lawinerhof zog an ihr vorüber. Wie schal doch und leer. Wenn sie zurückdachte an die Wanderschaft, von neuem Reiz umgeben, stieg die bunte, lebensvolle Vergangenheit vor ihr auf. Was sie auch für schlimme Erfahrungen gemacht, entbehrt, die ewige Sorge, die Roheit der Männer, die sie umgaben, steckte doch mehr Glück darin wie in diesem starren Einerlei des Bauernlebens. Dann trat ihr der schöne Jüngling entgegen, ihr Lebensretter. Er liebte sie mit der ganzen Kraft seiner gesunden Natur. Und sie wies ihn ab, sie verzichtete auf ihn. Sie kroch im Lawinerhof unter, sie heiratete einen alten, ungeliebten Mann. Alles um Biela, um ihr Kind. Und jetzt kehrte er zurück, wohl mit der alten Liebe im Herzen, verstoßen, enterbt um sie, auf dem Wege zum Elend, zum Verbrechen vielleicht – und sie darf ihn doch nicht halten, sie darf es nicht wagen, sie fühlt nicht die Kraft dazu in sich, weil sie ihn selbst liebt. Alles wieder Biela zulieb', die fest wurzeln soll auf dem Lawinerhof, die nicht zu den Geächteten gehören soll, zu dem verachteten, fahrenden Volk.

Und Biela würde sich so gut mit ihm vertragen. Ich hab' ihn so lieb, den Mann! Wie sie das sagte, das Kind, und er hat sie geküßt und geweint.

Ein süßer Gedanke stieg in ihr auf. Zuerst brannte es wie Feuer durch ihr ganzes Wesen. Wenn da die Lösung wäre – in Jahren? Ambros und Biela?

Der Unterschied in den Jahren wäre kein Hindernis – der Gedanke ließ sie nicht mehr los, durchleuchtete sie förmlich – eine plötzliche Ruhe kam über sie, eine dunkle Ahnung von fernem Glücke.

Die Zusammenkunft unter der Buche hatte nichts Bedrückendes mehr für sie, sie sollte der Grundstein werden für eine neue Zukunft.

Die Mittagsglocke rief das Gesinde vom Felde. Marion schaffte in der Küche von Biela unterstützt, die immer wieder nach dem fremden Mann fragte und durchaus wissen wollte, was auf dem Zettel gestanden, – und Marion konnte jetzt nicht genug des Guten von ihm erzählen, von dem Retter in der Sturnmacht, dem Biela zu Dank verpflichtet sei für ihr ganzes Leben. Warum denn dann der Vater und die Großmutter nichts davon wissen dürften, daß der gute Mann in der Nähe, dem es gewiß recht schlecht gehe, seinen abgerissenen Kleidern nach.

»Sie werden es schon erfahren, wenn es an der Zeit ist,« meinte Marion, für jetzt soll sie einfach schweigen, wie er ihr selber aufgetragen.

Plötzlich ging die Tür draußen, schwere Tritte, das Klappern eines Bergstockes auf den Steinfliesen. »Der Vater!« flüsterte Biela ängstlich, in dem klaren Bewußtsein, daß er der Mutter jetzt sehr ungelegen kam.

Marion ließ fast die Pfanne mit Nudeln fallen vor Schreck. Es war erst Sonnabend, und er wollte erst Montag nach Hause kommen. Alles war verloren, wenn er blieb.

Sie ging ihm entgegen. Er war nicht guter Laune, sein Gruß war kurz.

»Kümmer' di' net, i geh' glei' wieder.«

Sie mußte sich Mühe geben, ihre Freude zu verhehlen, um so dringender fragte sie, was ihn denn so rasch forttreibe.

Es sei nicht geheuer im Revier, gestern abend seien zwei Schüsse gefallen. Gnad' Gott dem Lumpen, wenn er mit ihm zusammenkommt.

Marion fühlte sich erblassen. Wilderer also! Und dafür wollte er sein Leben einsetzen, das sei doch des Försters Sache.

»So meinst? Wo is denn dann no mein Sach' auf der Welt? Meinst, i lauf zum G'spaß mit 'n Gewehr 'rum? Aber was red' i denn mit dir d'rüber? Da dürft i ja zum G'spött werd'n vom ganzen Dorf – deinetwegen – das weiß i wohl.«

Er trat an die Gewehraufhänge, nahm seines von der Schulter und dafür ein anderes herunter.

Marion beobachtete ihn genau, ohne auf seine harte Rede zu erwidern. Das Gewehr, welches er umtauschte, hatte er erst vor kurzem erworben, eine einläufige Büchse, die er pflegte wie ein Kind, und für gewöhnlich nicht zu führen sich entschließen konnte. Er war eigens nach Hause gekommen, um diesen Tausch zu vollziehen.

»Warum nimmst heut' die neue Büchs?« fragte sie in wachsendem Angstgefühle.

»Warum? Weil's heut' gilt, mein i alleweil – mit der kommt mir keiner aus.«

»Mann, du wirst doch nicht, – ich beschwöre dich – ich lasse dich nicht.«

Sie trat vor die Tür, ihm den Ausgang wehrend.

Er sah sie sichtlich erfreut an.

»Franz!« Sie hatte ihn noch nicht oft so genannt. »Dein Weib bitt' dich, geh nicht.«

Da legte er seine schwere Hand auf die ihre, seine Augen wurden feucht.

»Marion, wär' dir wirkli' leid um mi' – sag?« Brennende Röte stieg ihr in das Gesicht. Sie hatte an Ambros gedacht, an den unheimlichen Pfiff, dem er folgte – wenn's ihm gälte? Aber jetzt, wie er sie so anblickte, so innig, so dankbar für ihre Besorgnis, so liebverlangend, da war es ein anderes Bild, das vor ihre Seele trat, ein furchtbares, blutiges. – Es war ihr jetzt wirklich um ihn. Wenn sie ihn brächten – auf der Bahre – tot –. Sie fühlte es in diesem Augenblick, sie hatte ihn doch lieb, sie möchte ihn um alles nicht verlieren, und der Gedanke hob sie, ließ sie plötzlich einen wahren ungeheuren Schmerz empfinden.

Sie schlug die Arme um den Hals des Lawiners und brach an seiner Brust in lautes Schluchzen aus.

»Marion,« rief er dann freudig, »ja, wär's denn doch möglich, daß du mi' no – Marion –.« Er strich das schwarze Haar aus ihrer Stirn und drückte einen Kuß darauf. »Nein, Marion, jetzt möcht' i selber nix mehr wag'n – net um mehr, als da gilt. – Aber 'naus muaß i, i hab's dem Förster versproch'n. Kümmer' di' net,« er lachte, »i bin nimm'r g'fährli' – da hast schon g'sorgt dafür!«

Das Gesinde trat in die Stube – die alte Bärbl –, rasch faßten sich beide.

Marion forderte ihn noch auf, erst zu essen, doch er dankte, er habe Eile, drückte Marion noch einmal verständnisinnig die Hand und ging.

Die Leute hatten sich zu Tisch gesetzt. Niemand fiel der Vorgang auf, man war es längst gewöhnt den Bauer nur mehr mit der Büchse zu sehen.

Marion brachte keinen Bissen hinunter. Biela sah sie immer so verständnisvoll an, stolz auf ihre Mitwisserschaft.

Nachmittags machte sie sich zu Hause Arbeit, nur um allein zu sein. Bärbl hatte etwas wie eine Ahnung, immer wieder brachte sie das Gespräch auf Ambros. Sie mußte sie mit Gewalt fortschicken auf das Feld.

Die Sonne schien heute festgebannt, endlich sank sie doch hinter den Wald. Da suchte Marion schon die Buche auf. Das Herz schlug ihr bis in den Mund.

Was wollte er von ihr? Sollte sie ihn überreden offen vor den Vater hinzutreten, sich mit ihm auszusöhnen? Sie zweifelte nicht an der Nachgiebigkeit des Lawiners, im stillen wünschte er den Sohn längst zurück. Dann bleibt er im Hause – bei Biela. Er sieht sie heranwachsen, das Ebenbild der Mutter, sie ist ihm ja jetzt schon gut, dem lieben Mann, und nach sechs Jahren ist dann Hochzeit auf dem Lawinerhof.

So ging es am besten. Wenn er nur vernünftig ist, wenn er vergessen kann und sie auch – sie auch!

Jetzt dämmerte es schon, hinter der Buche glomm die letzte Glut. Ein schwüler Hauch wehte durch den Wald, der den Sinn verwirrt, das Blut erhitzt.

Sie mußte sich setzen, doch gleich sprang sie wieder auf. Ein Ästchen krachte.

»Ambros!« flüsterte sie.

Da kam er geschlichen zwischen den Stämmen. Sie drückte sich hinter die Buche, um ihn zu beobachten. Wie groß und stark er geworden! Das war nicht mehr der Ambros von einst, der unreife Junge. In einen zerfetzten Wettermantel gehüllt, trotz der Schwüle, den Hut verwegen in die Stirn gedrückt, mit dem scheuen, lauernden Wesen, fürchtete sie sich fast vor ihm.

Jetzt erblickte er sie. »Marion!« Da stand er schon an ihrer Seite, drückte ihr die Hand. »Bist do komma? Und no' schön'r bist word'n.« In seinen Augen flammte eine unlautere Glut, die Züge des einst so klaren Jünglingsantlitzes waren jetzt von wilder Leidenschaft zerfressen, Marion schauderte, und doch ergriff es sie wie ein seliger Taumel.

»Ja, schau nur! Von mir kannst das net sag'n, net war? Is mir a net so guat ganga, und der Zorn hat' a net schlaf'n woll'n. Aber eins bin i word'n, Marion, – a Mann, der sich nimma so abspeis'n laßt, wia der Bua damals, der Ambros.« Er drückte fest die Hand Marions und legte den Arm um ihre Hüfte.

Vergebens sträubte sie sich.

»Ich beschwör' dich, Ambros, – ich will ja alles, alles –« keuchte sie.

»Guat mach'n, meinst, bei'm Vater für mi' bitt'n, daß er mi' wied'r 'rein laßt, daß er mir zu a neuen G'wand hilft, meinst – daß i desweg'n komm', um z' bettel'n!«

Er lachte bitter auf. »Na, Marion, i brauch' und will nix mehr von ihm. Die Zeit is um. Weg'n dir bin i komma, eh's ganz dahin geht übers Meer. Nur eine einzige Frag': Bist glückli' word'n mit ihm? Hast ganz vergess'n auf'n Ambros, der di aus 'n Schnee 'rausgrab'n. Di und dein Kind?« Es klang ein bitterer Schmerz aus seiner Stimme, der Marion durch die Seele schnitt.

»Ambros, hör' mich ruhig an –«

»A Antwort will i. Hast mi' nia liab g'habt? War's dir Ernst mit dem, was du mir g'sagt hast im Stall –«

»Ambros!« Es war ein qualvoller Aufschrei aus Marions Brust.

»Schau mi' an, Marion, verkomma bin i, der reinste Strolch, für nix mehr guat, hier net und drüb'n. Mit'n Wildern hab' i ang'fangt und weiß Gott, wia i enden werd', i, der Lawinerbua. I trag' dir nix nach, daß so komma is. I gönn' dir's von ganz'm Herz'n, dir und dein'm Kind, das i heut' net gnua anschau'n hab' könna, so schön, so liab is word'n, ganz du selb'n; aber nur a Wort gib mir mit auf die weite Reis', Marion. – Sag, daß du g'log'n hast; es kann ja nicht anders sein, sag, daß d' mi' dein'm Kind g'opfert Haft. Sag, daß d mi' do liab g'habt hast – und i bin's z'fried'n.«

»Ja, Ambros, – ja!« Marion sank in die Knie und drückte ihr Antlitz auf den zerrissenen, grauen Mantel und schluchzte laut. »So war's, wie du sagst. – Aber was soll das alles helfen. – Warum bist kommen, Ambros?« schrie sie auf.

»Warum? Net dacht hab' i dran. Grad' den Hof hab' i no amal sehn woll'n, – und – und ja das scho' – a di', Marion – wenn a nur von weitem. Da hab' i' das Dirndl g'sehn aus 'n Schlag, dei' Dirndl – lang' hab' i' s' ang'schaut, und grad' laut 'nausschrein hätt' i' mög'n, wia s' dir gleich g'seh'n hat – und wia liab s' war. Da is mir komma, was i' schon längst verwürgt g'meint hab' – sehn muaßt s', sprech'n muaßt s' und gält's dein Leben, und wia i dann g'red't ha' mit ihr, wia is auf d' schwarz'n Aug'n küßt hab', dei' Kleine, da war 's mir, als schlüg 's helle Feuer auf da drinn.

– Den Zettel hab' i' g'schrieb'n – und komma bist – komma bist – Marion –«

Er hob ihr Haupt auf mit beiden Händen.

»I bin auf schlecht'm! Weg, voll Haß bin i' und Trutz gegen Gott und die Welt, – aber die Stund', – die Stund' vergess' i net. Du machst mi' wieder weich, als wenn i der alte Ambros no wär.«

Marion erhob sich mit einem jähen Ruck.

»Was die Stunde begonnen, soll der Tag vollenden. Du bleibst, Ambros, – ich laß di' net fort –«

»Unter ein' Dach mit mein' Vater, nach dem, was du mir jetzt g'sagt hast? Nein, Marion, so schlecht bin i do net.«

Er stieß sie fast zurück.

»Aber schlechter, fürcht' ich, als du dich selber kennst,« erwiderte Marion, tief verletzt, »sonst könnt'st so was net sag'n. Hör mich an! Was wir jetzt einander gestanden haben im bitteren Schmerz, das soll da drinnen verschlossen ruhen, kein Mensch hat darüber zu richten. Ich fühl' die Kraft dazu, und du mußt sie finden. Der Vater dankt Gott für deine Wiederkehr, – ich weiß es bestimmt. Biela wird einen treuen Freund bekommen, sie hat dich jetzt schon lieb gewonnen, und am Ende darf ich, die Marion, doch auch bei euch sein und mich an eurem Glücke erfreuen, ohne eine Sünde zu begehen. Wäre das nicht schön, Ambros, – könnt' es nicht so werden?«

Über Ambros' Antlitz zog ein seliges Ahnen. Er sah über Marion hinweg, hinab auf den Lawinerhof, die Heimat. »Ja, das wär' freili' schön, wenn's so werd'n könnt',« wiederholte er, gedankenverloren mit dem Kopfe nickend. »Wieder ehrlich, und frei – und d' Heimat – und –«

Da zuckte er zusammen, auch Marion. Ein dumpfer Widerhall brach sich an der Berglehne gegenüber.

»Hast 's g'hört? A Schuß!« sagte Ambros. »Ein Schuß! Ja, – das war ein Schuß!« Marion sah ihn fest an, als suche sie etwas in seinem Antlitz. Noch einmal brach es sich an der Berglehne – jetzt ganz deutlich.

Ambros wurde aschfahl. »In der Eigelscharten. Ist der Vater daheim?« fragte er mit bebendem Atem.

»Der Vater ist fort, heut' mittag erst – Wilderer seien im Revier –«

Marion sprach es, starr den Blick auf Ambros gerichtet.

Mit einem Sprunge war er in der Dämmerung verschwunden, ehe sie selbst klar wurde.

»I komm' wieder! Gewiß komm' i wieder!« klang es noch aus dem Walde.

Marion zitterten die Knie, sie horchte in das Dunkel. Sie rief seinen Namen, lief nach der Richtung, die er genommen, die störrigen Äste der Fichten schlugen ihr in das Gesicht. - Sie fiel zu Boden, - ein Rauschen, wie von einem Wasserfall, erfüllte das Ohr, - dann schwand ihr das Bewußtsein.

Ambros raste wie ein gehetztes Wild durch den Wald. Er hatte den Schuß gar wohl verstanden in der Eigelscharten, einem Felskar dicht an der Grenze. Der Toni, sein Spezi, in dessen Bann er förmlich stand, der ihn zuerst durch warme Teilnahme an seinem harten Schicksal, durch seinen Haß gegen den rücksichtslosen Vater, später durch gemeinsame schlimme Streiche an sich zu fesseln wußte, erwartete ihn dort.

Er hat es sich nicht nehmen lassen, Ambros auf seinem letzten Besuch in der Heimat vor der gemeinsam geplanten Abreise nach Amerika zu begleiten, und damit zu guter Letzt einen seiner geheimen Birschgänge ins Bayrische zu verbinden.

Der Schuß stand mit ihm in Verbindung, kein Zweifel. Entweder daß er auf Wild getroffen, oder daß er von einem Jäger überrascht - die verhängnisvolle Pause zwischen dem ersten und zweiten Schuß -, vom Vater überrascht, er war ja draußen im Revier - -

Der Gedanke trieb ihn zur neuen Eile, durch Dickung und Graben. Dann und wann lauschte er - nach einem Hilferuf. Die Stille der Nacht senkte sich über das Gebirge. Jetzt noch den schmalen Streifen Hochwald durch, der sich steil herabsenkte zu dem unten in mächtiger Tiefe schäumenden Wildbach, dann lag die Eigelscharten vor ihm.

Er mußte innehalten, die Lunge versagte ihm den Dienst. Totenstille ringsum. Der Mond war heraufgezogen, hinter den schwarzen Bergen in heißen, milchigen Dunst gehüllt. Ein schwaches, fahles Licht ging von ihm aus. Ambros sah schon den weißen Sand in der Scharten leuchten zwischen den Stämmen der Bäume.

Vorsichtig kroch er vor, auf eine Felsspitze hinaus, das weite Kar lag vor ihm in ödem, gespenstischem Licht. Wenn er auf Wild geschossen, war der Toni irgend in der Nähe und wartete auf ihn.

Ambros ließ einen leisen Pfiff ertönen. Keine Antwort. Dann stieg er hinab durch das Gewand' in den Steinstrom, der fächerartig in das Tal hinabstoß, Latschen deckten ihn. Noch einmal pfiff er, lauter – horch! War das nicht Antwort? Aber kein Pfiff, ein unklarer Ruf. Wann hatte er einen ähnlichen gehört? – Noch einmal ertönte er. Jetzt, jetzt wußte er es, – damals auf der Salden, als er die Marion – der Angstschweiß trat ihm auf die Stirn – das war der Ruf eines Sterbenden.

Jetzt schrie er laut. »Hallo! ho!«

Keine Antwort. Da gab es kein Besinnen mehr. Ein Steinstrom polterte unter seinen Füßen zu Tal. Dort, wo der graue Storren im Mondlicht bleichte, daher kam der Ruf.

»Toni! Toni!« rief er, ohne sich mit der Stimme herauszuwagen, keuchend im Anstieg.

Unter den Storren überschattete ein Latschenboschen das weiße Gestein. In dem tiefen Schatten leuchtete etwas, etwas Schneeweißes, es verändert unmerklich seinen Platz. Trügt das Mondlicht, oder –

Ambros hatte Vorsicht gelernt auf seinen Wegen, er wollte von oben beikommen, von dem kleinen Stellwandel aus, neben den Storren.

Jetzt hat er es erklommen, vorsichtig beugt er sich vor, – der Atem stockt ihm, das Herz krampft sich zusammen – ein Mensch liegt unten, ein Mann, – das Hemd auf der Brust leuchtet so, und das Hemd ist blutig. – Der Kopf liegt im tiefen Schatten, – aber der Toni ist es nicht, ein stärkerer, größerer –

Ambros' Gedanken verwirren sich. Ganz gebrochen sieht er eine Minute hinunter, da bewegt sich ein Arm, ein tiefes Stöhnen dringt herauf, – ein weißer Bart –

Da ist er schon unten, beugt sich über den Körper, hebt das Haupt, – ein dumpfer Aufschrei – der Lawiner! Der Vater!!

Aus dem Totenantlitz ist jede Spur von Härte entwichen, unendlich traurig, schmerzergeben, liegt es in Ambros' Arm, aber die Enden des weißen Schnurrbartes bewegen sich leise. Er legt das Ohr an des Vaters Mund, aus dem ein schmaler Blutstreifen sich zieht, den weißen Bart besudelnd.

Er lebt! Er atmet noch! Die Finger des Sohnes suchen zitternd die Todeswunde. An der rechten Brustseite fühlen sie warmes Blut, das Schulterblatt ist zerschmettert, die Lunge durchbohrt, aus der ein seltsames Pfeifen und Rasseln ertönt. Der Toni hat's getan, kein anderer!

»Vater! Vater!«

Da schlägt er groß die Augen auf, ein Zittern überläuft die ganze Gestalt, mühsam hebt er den linken Arm, wie abwehrend ihn ausstreckend, großes Entsetzen im Blick. »Mörder!« quält es sich heraus. »Mörder!« Eine Träne löst sich von der Wimper, dann greift die Hand matt nach dem Rock des Knienden. »Bring mi' net um. I b'schwör di'! I will net – i will net sterb'n!«

Wie eine Messerklinge bohrten sich die Worte in Ambros' Herz. »Aber i bin's ja, Vater, der Ambros, – dein Sohn –« Da hob sich der Lawiner, die linke Hand auf den Boden stemmend, mit letzter Kraft. Der Mund stand ihm offen, jeder Zug in dem bleichen Antlitz erstarrt: »Du Ambros, – du – Mörder! – Vatermörder!«

Ambros schrie auf, legte die Hand auf seinen Mund.

»'s is net wahr, Vater, i b'schwör di'! I bin 's ja net g'wes'n. I hab' nur den Schuß g'hört und bin d'rauf los ganga, da hab' i di' g'fund'n in dein Bluat. Hörst mi', Vater? I bin's net g'wes'n.« Er rüttelte den Körper, hob das Haupt, das kraftlos zurückgefallen, als ob er das Leben festhalten wolle um jeden Preis.

»Der Toni war's! – hör' mi', Vater! – Der Toni war's, net i, so wahr mir Gott helf'. Hörst mi'? Du muaßt mi' hör'n, – der Toni war's!«

Ambros war mit dem Körper des Sterbenden zurückgesunken.

Der Mond war aus seinem Schleier hervorgetreten und warf jetzt sein grelles Licht auf des Lawiners bleiches Antlitz.

Seine Lippen bewegten sich, zu einem Fluche wohl, die Hände auf der blutigen Brust ballten sich zusammen.

Da sprang Ambros auf, von Entsetzen gepackt, und schrie nach Hilfe, daß die Felsen ringsum gellten, dann stürzte er kopflos bergab über das Geröll, stürzend, sich wieder erhebend, er wußte selbst nicht, wie er zu Tale kam. Dem ersten Lichte lief er zu, es war die alte Hammermühle an der Bergstraße.

Er klopfte an das Fenster, polterte an der Tür.

Die Frau, welche öffnete, schrie laut auf bei dem Anblick des Unholdes vor ihr, mit dem blutüberströmten Gesicht, dem zerzausten Haar, dem zerfetzten Gewande, dann kam der Meister, – ein Geselle. –

Ambros grühlte nur die Worte heraus: »Der Lawiner – liegt erschossen – Eigelscharten. – Er lebt noch –,« dann sank er zu Boden.

Ein Gefühl der Kälte brachte ihn wohl wieder zur Besinnung. Die Schmiedin wusch ihm das Blut aus dem Gesicht. Bärtige Männer umstanden ihn, eine Tragbahre stand bereit.

»Das is ja der Ambros!« rief eine Stimme, »sein Sohn –.«

Da sprang er auf die Füße. »Ja, das bin i, fragt 's net lang – zur Eigelscharten! Er lebt ja noch – folgt's mir nach!«

Er eilte den Männern voraus, wieder zurück, sie von neuem zur Eile anzuspornen.

Geschwätzige Neugierde ist nicht Sache des Berglers, niemand fragte ihn aus über die näheren Umstände, jeder wußte, was sich ereignet, das genügte. Im ernsten Schweigen ging der Zug hinauf, der Scharte zu.

Als die Leute das Kar erreichten, eilte Ambros voraus. Ein furchtbarer Gedanke kam ihm. Wenn der Vater die falsche Anklage vor all den Leuten erneute, mit ihr auf der Lippe am Wege stürbe, was dann? Er mußte ihn noch einmal aufklären – wenn er überhaupt noch lebte. Er rief nach ihm, Hilfe komme. Keine Antwort erfolgte. Der Platz, wo er gelegen, war leer, der Mond beschien ihn grell.

Neues Entsetzen kam über Ambros. Wenn Toni zurückgekehrt in seiner Abwesenheit – den Toten entfernt – den Lebenden – um jede Spur der verruchten Tat zu verwischen?

Jetzt war er oben und atmete auf. Der Lawiner saß unter dem Storren, das Haupt auf die Brust gebeugt – so weit hatte er sich geschleppt. Ein Röcheln drang aus seiner Brust.

Vergebens beteuerte Ambros von neuem seine Unschuld, wies auf die kommende Hilfe.

Der Lawiner hörte ihn nicht, verstand ihn nicht, das Bewußtsein war geschwunden.

Endlich kamen die Leute mit der Tragbahre. Ohne viel Worte legten sie den Ächzenden darauf; nach dem Arzte und dem Förster war vom Hammer aus schon geschickt. Man erwartete sie auf dem Heimweg zu treffen. Das Gewehr des Lawiners lag weiter unten zwischen den Steinen, abgeschossen.

Man hatte keinen anderen Gedanken, als den Verunglückten womöglich lebend heimzubringen.

Ambros war unfähig, Hand anzulegen, jetzt war ihm selbst, als habe er die Tat vollbracht. Und wenn der Vater zum Bewußtsein kommt, dann wird er es am Ende selbst behaupten.

Aber er war bei Marion, wie der verhängnisvolle Schuß fiel. – Und wie kam er zur Marion, zur Frau seines Vaters? Was hatte er bei ihr zu suchen um die Dämmerzeit nach sechs Jahren?

Was wird, was muß der Vater glauben, alle Leute, das ganze Dorf? Kein Wort darf er davon verraten, – auch nicht, wenn er des Mordes, des Vatermordes beschuldigt wird? – Wie ein Bündel giftiger Schlangen wälzte es sich in seiner Brust, in seinem Hirn, während er hinter den Trägern taumelte.

Sie hatten den Ziehweg eingeschlagen, durch den Hochwald. – Vom Dorfe herauf kam ihnen der Förster entgegen. Der Arzt war nicht zu Hause. Er ließ sich von den Leuten rasch den Hergang berichten. Alle wiesen auf Ambros.

»Ja, wie kommst denn du daher?« fragte ihn der Förster in mißtrauischem Tone, mit seinen scharfen Augen ihn musternd. »Dein Vater hat mir doch kein Wort davon g'sagt, daß er dich erwart.«

»Hat mich a net erwart. Grad' aufsuch'n hab' i 'hn no amal woll'n, eh' i über 's Meer geh'. Da – da Hab' i den Schuß g'hört in der Eigelscharten, dem bin i nachganga –« brachte er, vom Frost geschüttelt, heraus.

»Wo warst denn du, wie du den Schuß g'hört hast?« fragte der Förster scharf.

Da begann es schon, das Furchtbare, das er gefürchtet. »In nächster Näh' vom Hof,« erwiderte er zögernd.

»Und da bist umkehrt, dem Schuß nach? Hast denn wissen können, daß der Vater drauß ist? Daß du net z'erst g'fragt hast im Hof, wann du doch in nächster Näh' warst? Wie?«

Ambros packte der Zorn in seiner Ratlosigkeit. »Was frag'n S' mich denn so, Herr Förster? S'is ja mein Vater, der auf der Bahr liegt, mein eigener Vater!«

Der Förster begriff die Berechtigung des Vorwurfes, der in den Worten lag, aber sein Verdacht war doch rege; seit gestern trieb sich Wilderervolk in den Bergen herum.

»Bist denn allein kommen, Ambros?« fragte er in harmlosem Tone.

Ambros stockte schon wieder. Der Toni war einmal sein Freund, ob er überhaupt der Täter war, war immer noch nicht gewiß. Sprach er einmal seinen Namen aus, hetzte er das ganze Gericht auf seine Fersen.

»Ja, ganz allein,« erwiderte er in einem nicht ganz freien Tone, der dem Förster nicht entging.

Dieser wandte sich jetzt von ihm ab dem Lawiner zu, auf der Bahre, welche er niedersetzen hieß.

Er sprach ihn an, wie einen alten Freund. Die bekannte Stimme wirkte, der Verwundete wendete das Haupt nach ihm.

»Wer war es? Grad' den Namen nennen, – wenn du ihn kennt hast!« sagte der Förster.

Ambros stand das Herz still.

Der Mund des Lawiners bewegte sich langsam. »Tu's da weg, – da – von der Brust – den Brand – Marion! – Mei' Marion!« kam es in schmerzvoll verlangendem Tone heraus. Dann schwieg er wieder. Ambros atmete auf.

Der Förster durfte ihn nicht weiter belästigen. Die Träger nahmen die Bahre wieder auf.

In tiefem Schweigen ging der traurige Zug durch den jetzt im Silberlichte des Mondes erglänzenden Wald.

Vor der Tür des Lawinerhofes stand Marion festen Fußes, Biela eng an sich gedrückt, die mit ihren großen Augen die Nacht befragte um das Geheimnisvolle, Schauervolle, was wohl nahen sollte. Sie erwartete ihren Mann, während das Gesinde, mehr Neugierde, als Mitgefühl im Herzen, sich scheu flüsternd umherdrückte, die alte Bärbl laut schluchzend, dann und wann verwundert und verdrossen zugleich das regungslose Weib anblickte, dem Schrecklichen entgegenharrend.

Ein Geselle aus der Schmiede brachte vor einer Stunde die Nachricht von dem Unglück.

Sie traf Marion nicht unvorbereitet. Als sie aus der Ohnmacht im finsteren Walde erwachte, war ihr alles gegenwärtig, als wäre sie dabei gewesen. Die zwei Schüsse, die Todesangst, dann die Flucht des Ambros, der wilde Toni draußen auf der Wildbahn – es konnte ja nicht anders kommen. – Sie erlebte so furchtbare Stunden, daß die wirkliche Nachricht, welche ihr der Geselle brachte, noch eine Erlösung war. Wenigstens wußte sie jetzt, daß der Lawiner noch lebe, wenigstens noch gelebt habe, wie ihn Ambros aufgefunden. – Ja, wer sagt denn, daß er sterben muß, der kernkräftige Mann? Dann kann ja alles noch zum Guten sich wenden. Die Nähe des Todes wird ihn versöhnlicher stimmen, zuletzt hat er ihm noch sein Leben zu danken, dem Ambros, den eine Fügung Gottes des Weges führte. – Eine Fügung Gottes!? Der Frevel! Als ob sie nicht besser wüßte, was ihn des Weges geführt. Wenn er sich verplauderte in seiner Angst? Dem Vater den wahren Grund verriete? Dann wäre alles verloren. Aber zum Lachen, welcher Mann ist so töricht, so schlecht – ja, schlecht, – ein Weib zu verraten, das ihn –

Da hörte sie auf zu denken. Zärtlich drückte sie Bielas Haupt an sich.

Das fahle Mondlicht, es war jetzt Mitternacht und der Himmel völlig klar, hatte einen so mächtig beruhigenden Einfluß auf sie. Es war ihr, als könne unmöglich großes Unheil drohen.

Jetzt vernahm man etwas – oder ahnte man es nur? – das Gesinde drängte sich zusammen, auch Bärbl erhob sich, die Hände wie zum Gebete faltend.

Marion blieb auf ihrem Platz.

Der Zug näherte sich. Schwarz, schwer und ernst kam er daher über die silberigen Wiesen. Dunkle Schatten krochen voraus. Leute aus dem Dorfe hatten sich angeschlossen, Gebete murmelnd.

Marion sah die Bahre, das bleiche Haupt darauf, –sie sah aber noch etwas, eine wankende Gestalt, weit rückwärts, getrennt vom Zuge – Ambros! Bärbl jammerte laut, das Gesinde drückte sich in schwächlicher Rührung um den Verunglückten. Marion aber stand an der Türe, ließ die Bahre an sich vorbei und wehrte jedem Unberufenen den Eingang.

Die Stube füllte sich trotzdem, auch der Arzt war herbeigeeilt.

Der Lawiner lag in der Wohnstube auf dem breiten Ledersofa hinter dem Ofen. Seine Hand war krampfhaft auf die Brust gepreßt, seine Augen rollten unstet im Räume umher. Jetzt erst trat Marion, Biela an der Hand, vor. Der Schauer des Todes, welcher den ganzen Raum erfüllte, drängte jedes Gefühl zurück in der Brust des Kindes.

Marion sank auf die Knie vor dem Verwundeten, ihr Haupt lag an seiner Brust.

Der Lawiner legte seine zitternde Hand darauf. »Marion!« Es war kaum zu glauben, daß von des Lawiners Lippen der weiche, innige Ton kam. »I – i dank' dir, – i weiß ja do – du hast's ja g'stand'n, heut' erst –«

»Warum – warum hast du mir das getan?« schrie Marion auf in wahrem Schmerz.

Der Unglückliche hob mühsam die Hand gegen die Stirn. »Warum, – ja, –« Er suchte sichtlich in seinem Gedächtnis. »I – i hab' ja ganz ruhig –« Da veränderten sich seine Gesichtszüge immer mehr, als ob ihm plötzlich der ganze Vorgang zum Bewußtsein käme. »Da – da –«

Alles hing an seinem Munde, der Förster, der Arzt, Marion, man übersah darüber, daß noch jemand eingetreten.

Plötzlich richtete er sich krampfhaft in die Höhe, wandte das Haupt. Aller Augen folgten seiner Bewegung und trafen auf Ambros.

Der Lawiner hob den Arm und wies auf ihn, den Blick gläsern, den Mund verzerrt. »Der hat's 'tan – mein eigner Sohn –«

Die Wucht der Anklage war so ungeheuer, daß kein Laut hörbar war. Alles stand wie gebannt.

Auch Ambros wankte unter der Wucht der Worte, dann aber trat er vor den Sterbenden. »Vater! Du gehst mit einer Lüg' 'nüber! I schwör's, i hab's net 'tan!«

Der Lawiner wollte auflachen, stieß aber nur einen Schmerzensschrei aus, griff nach seiner Brust und sank in die Kissen zurück. »Er hat's tan,« röchelte er, »glaubt ihm net, dem Mörder, – dem verflucht'n Mörder! Zurück kommen is er sogar, um – mi ganz – ganz – Marion –.« Noch einmal erhob er sich, als wenn ein ferner Gedanke ihn durchzuckte. »I sag's, a Sterbender; er is der Mörder, der Ambros, – kein anderer.«

Jetzt entlud sich erst die Erregung der Anwesenden über das Unerhörte. Entrüstungsausdrücke wurden laut.

»I hab's ihm glei' ang'sehn, dem Schuft!« schrie der Förster.

Ambros blickte wortlos auf Marion, in deren Brust sich ein qualvoller Kampf erhob. Ihre Hand griff nervös nach der Sofalehne, Plötzlich machte sie eine energische Bewegung gegen den Sterbenden.

»Franz, hör' mich an, – und ihr alle! Es ist eine Lüge. Ambros ist so unschuldig, wie ich an der blutigen Tat – ich kann es beweisen –«

Die Züge des Lawiner spannten sich von neuem, es war, als ob er das Leben gewaltsam zurückhalten wollte, und seine Arme streckten sich nach Marion aus, als ob er sie sich eilen hieße.

»Der Ambros war bei mir auf dem Hof, wie der Schuß gefallen ist, der dich getroffen – ich habe ihn selbst gehört –, ich kann's beschwören.«

Der Lawiner erstarrte förmlich in ihrem Anblick, dann verzog sich sein Mund zu einem höhnischen Lächeln, doch kein Laut kam von seinen Lippen, die sich vergeblich anstrengten, ein Wort zu bilden. Plötzlich rötete sich das fahle Antlitz, die Hand krampfte sich zur Faust, ein unartikulierter Aufschrei, und er sank in die Kissen zurück. Der Arzt trat vor und beugte sich über ihn, Marion stand regungslos, Biela an sich drückend, die vor dem furchtbaren Anblick zu ihr geflohen, das Gesicht an ihrer Brust bergend.

Das Sofa, auf dem der Lawiner lag, krachte in allen Fugen, der Sterbende streckte sich.

Der Arzt erklärte den eingetretenen Tod. Des Grauens war in diesem Augenblick zu viel. Scheue und empörte Blicke richteten sich auf Marion, in manchem lag sogar etwas wie Bewunderung einer so ungeheuerlichen Verworfenheit. Sprach sie die Wahrheit, war es schrecklich; mit dem Sohn des eigenen Vaters ein Stelldichein, eine Liebelei! Seit Jahr und Tag wohl log sie, betrog sie. War er nicht bei ihr zur Zeit der Freveltat, dann war's noch schrecklicher, gar nicht auszudenken, – dann war sie die Mitwisserin, die Anstifterin – die Anstifterin zum – nein, das war gar nicht einmal zu denken – man bekreuzigte sich und schlich aus der schwülen Stube hinaus.

Als sich die Tür hinter dem Letzten geschlossen, erhob sich die Bärbl, welche vor dem Bett des Toten gekniet und ihm die Augen zugedrückt.

Marion saß vor dem Tische, den Blick auf den Boden gerichtet, völlig apathisch, den Arm um Biela gelegt. Ambros stand am Fenster, gegen die Wand gelehnt, ermattet, aufgerieben, jeder weiteren Teilnahme an dem Ereignisse scheinbar unfähig.

Bärbl ließ ihre Blicke zwischen den beiden schweifen, dann stand sie plötzlich auf und trat zu Marion.

»Du hast g'log'n, er war net im Hof um die Zeit. I muaß b'schwören, wenn i g'fragt werd'. Um ihn z' rett'n, hast g'log'n. – Is so, Marion? – vor der furchtbaren Anklag', vor jedem Verdacht, – aus Dankbarkeit, weil er dir a mal 's Leben g'rett' hat. Das war' ja brav von dir, aber wenn i schwör'n muaß – i kann kan' Meineid schwör'n. So red'! – Rat'!«

Marion erwachte wie aus einem dumpfen Traum. »Ich hab' nicht gelogen, er war bei mir. Nicht im Haus, – unter der großen Buch', – da haben wir uns –«

Sie sprach nicht weiter, die Veränderung in Bärbls Gesicht erschreckte sie.

»Unter der Buch'? Du und der Ambros?« Bärbl lachte grell auf. »Heut' abend und gestern abend – und alle Tag abend – unter der Buch'. Und da is ausg'macht word'n, die Schandtat, die freche Lug – .« Ihr Auge loderte jetzt im wilden Brand, der alte zurückgedrängte Haß gegen dieses Weib flammte wieder auf. »Der Mord am eigenen Vater.«

Ein Aufschrei erfolgte vom Fenster her. Ambros trat vor sie hin, die Fäuste erhoben.

Bärbl wich nicht. »Schlag' zu! Kommt nimma drauf z'samm'. I hab's ja net glaub'n woll'n, die furchtbare Anklag', die er gegen dich g'schleudert hat, und wenn's no Tausend mit ihm g'sagt hätt'n. Wer kann's denn ausdenk'n, das Furchtbare! Aber jetzt glaub' i's, jetzt b'schwör i's, jetzt klag' i dich an für den Mörder, dich und die, – die vor allen, die mit dem Bösen im Bund g'stand'n hat, die dich verführt hat dazua, die 's Unglück ins Haus 'bracht hat von der ersten Stund' an.«

Ein unbestimmter Lärm drang von außen herein, Stimmengemurmel, laute Rufe.

Ambros trat, Schlimmes ahnend, in finsterer Entschlossenheit an die Seite Marions, er wollte sie zu dem zweiten Ausgang drängen, welcher durch eine Nebenkammer gegen die Waldseite ins Freie führte.

»Das G'sind'l is zu allem fähig in sein' Haß.« Marion sträubte sich erst.

»Dein' Kind z'liab, Marion!« Da wollte sie nachgeben, doch Bärbl stand vor der Tür und wehrte ihr den Ausgang, ihre kräftigen Arme ausbreitend.

Ambros faßte nach ihr, rang mit ihr vor der Leiche des Vaters, – da öffnete sich die Tür, der Förster trat ein mit Gerichtsbeamten und

Gendarmen, hinter ihnen in dem Gang drängte sich eine lärmende Menge.

Ein Herr trat vor. »Ambros Enmoser, Sohn des heute verstorbenen Franz Enmoser, genannt zum Lawiner, ich verhafte Sie im Namen des Gesetzes.«

Ein Gendarm trat vor und legte seine Hand auf die Schulter des jungen Mannes.

Ambros warf noch einen Blick auf die Leiche seines Vaters, auf Marion, – da wankte er.

»Mut, Ambros!« sagte diese fest.

In diesem Augenblicke trat Biela auf den Unglücklichen zu und reichte ihm schweigend, starr ihn ansehend, ihre Hand. Ambros ergriff sie und drückte sie fest, Plötzlich stürzte er in die Knie, umfaßte das Mädchen und küßte es.

Plötzliche Stille trat draußen auf dem Gang ein; die vertrauensvolle Tat des Kindes weckte doch Zweifel in so mancher Brust. Man drängte zurück, um den Gefangenen durchzulassen.

Bis dahin hatte Bärbl gespannt gewartet; jetzt brach sie los. »So habt ihr's g'meint, der Bub' soll allein büaß'n, was die Landstreicherin angericht' hat?« Dabei wies sie aus Marion. »Da steht die wahre Mörderin, i b'schwör's, wenn's sein muaß, vor dem Toten hier.«

Einen Augenblick zögerten die Gerichtsleute, dann entfernten sie sich auf einen Wink des Führers mit dem Gefangenen.

Bärbl tobte. »So, das wär's! Dann hört ihr mich alle,« wandte sie sich gegen die Leute draußen. »Soll die Mörderin, die Landstreicherin, leer ausgehen? Soll sie heut' nacht durchbrennen und anderswo a neu's Unglück stift'n?« – Drohendes Gemurmel, Hineindrängen der Leute, gehobene Fäuste, selbst die Ehrfurcht vor dem Tode, der mit seinem Schauer den Raum füllte, schien kein Hindernis mehr zu sein vor offener Gewalttat.

Da stand plötzlich ein ganz anderes Weib in der Mitte der Stube, nicht mehr die gebrochene Marion. »Hinaus!« herrschte eine fast männliche Stimme, und zwei Augen blitzten drohend auf. »Ich bin die Lawinerin, die Herrin in diesem Haus, die euch befiehlt, augenblicklich euch zum Teufel zu scheren, wenn ihr nicht wollt –« Blitzschnell riß sie die Büchse von der Wand, legte sie an, der Hahn knackte – »daß ich –.« Sie ging wie zum Angriff vor gegen die Tür. Schreiend, kreischend, wie von Entsetzen gepackt, begann ein allgemeines Drängen, Flüchten zur Haustür hinaus.

Nur Bärbl wich nicht, sie blickte starr in diese zwingenden Augen, die ihr die Brust durchbrannten. »Bei allen Heiligen, sag' mir, bist du wirkli' unschuldi', Marion?« fragte sie.

»Hinaus! – Frag' morgen an,« sagte Marion kurz.

Bärbl schritt nach rückwärts, ohne den Blick von der Unbegreiflichen zu wenden.

Das Feld war geräumt, die Stube leer, Marion warf die Büchse weg und schluchzte laut auf, dann nahm sie Biela an der Hand und führte sie vor den Toten.

»Biela, hier vor dem Toten schwöre mir, daß du gut machen willst am Ambros, was der hier an ihm verbrochen noch in seiner letzten Stunde, daß du ihn lieb haben willst, daß du ihm dienen willst, wenn er's verlangt dein ganzes Leben, daß du alles, was du besitzen wirst, was dir kein Mensch nehmen kann, komme, was da will, nur als sein Eigentum betrachten willst, das du jeden Augenblick zurückzugeben bereit bist.«

»Ich schwör's, Mutter, so wahr mir Gott helfe in meiner letzten Stunde!«

Marion kniete mit ihrem Kinde vor dem Toten und sprach ein Gebet. Nun fühlte sie sich frei von dem letzten Hauch einer Schuld.

Über des Lawiners Antlitz breitete sich jetzt eine feierliche, ernste Milde, keine Spur der furchtbaren Leidenschaft, die eben noch darin gewühlt, – eher zog ein skeptisches Lächeln um die eingefallenen Mundwinkel.

Die Leute welche in der Nacht das rote Licht sahen, das wie ein blutiger Stern am Waldsaume hing, bekreuzigten sich – der Lawinerhof wird eine Fluchstätte bleiben für alle Zeiten – das stand fest.

Fünftes Kapitel.

Wieder hatten sich die guten Seedorfer geirrt. Das Gras wuchs nirgends besser als auf dem Lawinerhof, kein schöneres Vieh stand weit und breit im Stall, der Hof selbst mit seinem reichen Blumenschmuck auf den Altanen leuchtete gar freundlich heraus aus dem Grün ringsum, eher eine Segens- als eine Fluchstätte.

Ambros verließ damals frei und ledig den Sitzungssaal des Schwurgerichtes, den er unter der furchtbaren Anklage des Vatermordes betreten. Die Aussage des Sterbenden, der in dem Sohne schon bei Lebzeiten seinen Feind zu sehen gewohnt war, der denselben enterbt und vom Hof gewiesen hatte, verlor jedes Gewicht gegenüber den klaren Auseinandersetzungen Marions, betreffs ihrer Zusammenkunft mit dem Angeklagten zur fraglichen Stunde, mit welchen die Erzählung Bielas von dem Vorgange zwischen ihr und Ambros am Nachmittag des fraglichen Tages und der derselben anvertraute Zettel, welcher dem Gerichte vorlag, sich völlig deckte. Dazu kam noch, daß die Anwesenheit des Wilderers, des berüchtigten Zigarrentoni, am fraglichen Abend im Revier nachgewiesen und von Ambros zugegeben wurde, so daß über den wahren Täter kaum noch ein Zweifel sein konnte. Als verhängnisvoller Rest blieb lediglich der Zweck der Zusammenkunft des Ambros mit der Frau seines Vaters, welche für das Gericht keinen Gegenstand weiterer Verhandlung bot.

Trotz allem Sensationsgelüste waren die Seedorfer doch froh, ihr Tal von einem so himmelschreienden Verbrechen gereinigt zu wissen, und ausnahmsweise geneigt, über den fraglichen Rest den Mantel christlicher Liebe zu breiten.

Das Unrecht, das an dem armen, enterbten Ambros begangen wurde, war so groß, daß man gern bereit gewesen wäre, denselben in jeder Weise zu unterstützen, womöglich auf dem Wege des Prozesses wieder zum Lawinerhof zu verhelfen.

Doch die großmütige Regung der Seedorfer konnte nicht zur Tat werden. Ambros war über das große Wasser gegangen, ohne sich im Lawinerhof noch einmal sehen zu lassen.

Das gab den bösen Zungen neue Nahrung. Das Verhältnis mit der Stiefmutter hatte doch seine Richtigkeit. – So konnte man wenigstens im alten Haß und in der alten Verachtung gegen das eingewanderte Gesindel am Lawinerhof verharren – trotz allem sichtlichen Segen, der darauf zu ruhen schien.

Der Teufel hilft immer seinen Leuten, die Rechnung wird nicht immer im Diesseits abgeschlossen.

Das Unglaublichste war, daß die alte Bärbl nach wie vor auf dem Lawinerhof blieb und sich in den Diebstahl, begangen an ihrem einstigen Liebling und Pflegesohn Ambros, willig fügte, trotz allem, was an der Leiche des Bauern zwischen ihr und Marion vorgegangen. – Das war doch niederträchtig von der alten Betschwester.

Inmitten dieser beiden Frauen aber blühte die Biela zu einem Mädchen heran, wie es weit und breit nicht zu finden war.

Vor ihr machten alle Vorurteile, wenigstens der jungen männlichen Bevölkerung des Tales, Halt, ganz abgesehen davon, daß sie nun einmal die Erbin des schönsten Hofes war.

Wahrlich ein Ausbund von Schönheit und Lieblichkeit, und mit dem besten Willen war in ihr nichts Hexenhaftes zu entdecken, eine Eigenschaft, die sich doch eigentlich vererben müßte.

Aber sie war bei der größten Freundlichkeit völlig unnahbar, überhaupt von einer ganz anderen Art, mit der man nicht umzugehen wußte.

Sie war jetzt zwanzig, ihrem Aussehen nach aber ein fertiges Weib. – Auf was wartete sie denn noch? Woher sollte er denn kommen? Und der Hof brauchte doch endlich einmal wieder einen Mann. Verstand man es ja schon von der Lawinerin selbst nicht, daß sie nicht zu einer neuen Ehe schritt, an Bewerbern hätte es ihr so wenig gefehlt wie der Tochter, trotz allem Grauen und Gezische!

Es war ganz sonderbar. Als ob sich die Leute doch nicht so ganz sicher fühlten auf dem fremden Boden, als wenn sie nur auf dem Sprung wären, wieder zu verschwinden, wie sie einst aufgetaucht.

Einmal vor Jahren fiel ein Lichtstrahl in das den Lawinerhof umgebende Dunkel.

Der Postbote hatte es verraten, daß ein Brief aus Amerika an die Bäuerin gekommen sei mit einer Handschrift, die sicher aus dem Tale stamme – vom Ambros, kein Zweifel!

Sie wird den Hof verkaufen und drüben in dem wilden Lande, wo kein Mensch danach fragt, ihren Schatz heiraten. Aber Jahre waren schon darüber vergangen, und der Hof war noch immer nicht verkauft, nicht einmal ein Versuch war gemacht worden, und Marion saß noch immer darauf. Angebettelt wird er sie halt haben, der arme Teufel, und sie wird ihm ein Almosen geschickt haben von seiner eignen Sach'. Damit war er abgetan.

Wieder einmal war Heuernte. Neben Marion schaffte unermüdlich die Bärbl.

Sie sprach von Ambros, gewiß arbeitete er jetzt eben auch auf dem Felde.

Marion ließ den Rechen zu Boden fallen und nahm das rote Tuch ab, so schwül war ihr, so bedrückt die Brust.

Seltsam, wie sich doch alles wiederholt in dem einfachen Leben, gerade so war es damals, an dem gewissen Tag, vierzehn Jahre waren darüber vergangen, – auch die Bärbl neben ihr auf demselben Platz, und auch von Ambros fing sie an, und die Biela auch im Wald damals, um Erdbeeren zu pflücken – jetzt um nach dem Vieh zu sehen auf der Waldweide –, und wieder blieb sie so lange aus.

Ein sonderbarer Gedanke kam Marion. »Wo nur Biela so lange bleibt?« sagte sie zu Bärbl.

Die nickte nur mit dem grauen Haupte. »Mein Gott, i hab' mi' ans Wart'n längst g'wöhnt,«

Marion hatte ein eigentümliches Gefühl. Es reizte sie, dieselbe Frage zu tun wie einst, und Bärbl gab dieselbe Antwort.

»Wünsch ihn nur recht fest herbei,« sagte sie damals, »wir können alles, was wir wollen.«

Wenn das wahr wäre! Jetzt hätte sie ihren Willen nicht mehr zu fürchten wie damals.

In diesem Augenblick trat Biela aus dem Holze und kam quer herüber über die gemähte Wiese. Marion pochte das Herz. – Zu albern, als ob Biela nicht schon oft über die Wiese hergekommen wäre, als ob man nicht alle Jahre hier Ernte hätte! – Und doch, – sie konnte den Blick nicht wenden. Das Mädchen erschien ihr so erhitzt, nicht so gemessen wie sonst. Zu albern! Zu albern!

Von weitem rief sie ihr schon zu: »Wo bleibst du denn so lange, Biela?«

»Die Bleß hat sich verstiegen, Mutter!« erwiderte das Mädchen völlig gelassen, – und doch war es Marion, als ob sie ihr einen heimlichen Blick zuwarf, ihr zuwinkte mit den Augen. – Bärbl arbeitete emsig weiter.

»Hast du etwas für mich?« fragte Marion plötzlich Biela.

»Für dich? Ja, was soll ich denn für dich haben?« erwiderte das Mädchen erstaunt.

Marion wurde feuerrot. So töricht! So töricht! Die Tränen traten ihr in die Augen vor Verdruß über sich selbst. Ganz zornig wurde sie, als Biela weiter in sie drang, was sie denn wolle.

Biela ging kopfschüttelnd an die Arbeit.

Was weiß die Jugend von all den dunklen Beziehungen, Ahnungen, inneren Stimmen, die dem reifen Alter sich unabweisbar aufdrängen!

Marion aber setzte sich in einen Heuhaufen, zog einen vergilbten Brief heraus und las:

»Verlaß Dich drauf, eines Tages bin ich wieder da und halt' Nachschau, wie schon einmal, grad' so, ganz geheim, vielleicht grad', wenn Du's am wenigsten glaubst. Grüß mir die Biela! Ob sie mich vergessen hat? Muß die schön 'worden sein! Der Bärbl sag', daß ich ihr den bösen Verdacht längst verziehen habe! Das Land räumt sauber auf mit all dem bösen Zeug in der Brust. Also paß auf, sicher bist keinen Tag vor mir!«

Der Brief war ihr Trost seit sieben Jahren.

Es wäre kein Leben gewesen ohne ihn in dem kalten Hause, das nimmer ihr eigen sein konnte, das ihr fremd geblieben, wie es am ersten Tage ihres Kommens gewesen, selbst Biela zuliebe wäre kein Bleiben gewesen. Nie hatte sie den Lawinerhof als ihr Eigentum betrachtet, bei dem Gedanken daran schon war es ihr, als müsse das Blut des Lawiners über sie kommen, auch nicht als das künftige Bielas, nur seine Bewahrerin war sie, die Hüterin für den rechten Erben, ihren Lebensretter.

Sie begriff es, daß er damals, auch freigesprochen, nicht bleiben konnte. Sie sprach ihm nicht einmal zu, zu bleiben, es wäre ein freches Wagnis gewesen für beide.

– Jetzt konnte er längst getrost kommen, wie ein toller Traum lag alles hinter ihr, das heiße Herz war längst abgekühlt, und ihm ging es ja gerade so, vor sechs Jahren war der Brief schon geschrieben, da nannte er es nur mehr das alte Zeug, all das, was einst sein Verhängnis war.

Und dann – Biela stand zwischen ihnen, ihr Ebenbild von einst. Wenn sein Herz wirklich für sie geschlagen, dann mußte er Biela lieben, beim ersten Wiedersehen, – ja, er liebte sie vielleicht jetzt schon, sah nur sie, ihr verjüngtes Abbild in seinen Mannesträumen. – Und dann – dann war es ja erreicht, ihre einstige Hoffnung unter der Buche, dann war alles gelöst – Ambros wird Lawiner und Biela ist nicht mehr heimatlos.

Und sie? Was war mit ihr? Freuen wird sie sich doch dürfen an dem Glück ihres Kindes, es still mitgenießen!

Sie fühlte es – da lag etwas im Weg – etwas Dunkles, Umrißloses, und so oft sie daran stieß, tat es unsäglich weh, und es wich nicht, wich nicht. Dann war ihr Werk vollbracht, das sie sich vorgenommen, als sie vor sechzehn Jahren das Haus betreten, wenn auch anders, als sie es gedacht. Dann aber war auch ihres Bleibens nicht mehr; es war ihr immer, als müsse dann der grüne Wagen ihres Vaters wieder auftauchen auf der Landstraße, in dem sie geboren, und sie mitnehmen, fort, in die weite Welt, nach der sie sich doch im stillen so oft gesehnt. Und Biela an seiner Seite winkt ihr nach, Biela wird immer kleiner, verschwindet – –. Das Herz krampfte sich ihr zusammen, sobald sie so weit war.

Doch das war wieder einmal so ein Tag, an dem sie alles schwer nahm.

Ein Gewitter stand am Himmel, da ging es ihr gewöhnlich so. Gegen vier Uhr brach es wirklich los, mit aller Macht. Allgemeine

Flucht von den Wiesen, so weit man blickte. Ein das ganze Haus mit seinem blauen Lichte füllender Blitz, ein knatternder Donnerschlag, unter dem die Wände wankten, versammelte das ganze Gesinde in der Wohnstube.

Marion erdrückte fast die Schwüle, immer wieder mußte sie nach dem Ledersofa sehen in der Ecke, es war ihr, als ob des Lawiners bleiches Antlitz aus dem schweren Schatten herausleuchtete.

Warum denn gerade heute das alles?

Biela stand am Fenster und blickte hinaus in den strömenden Regen.

»Wenn das Unwetter jemand erwischt!«

»Wen meinst du denn mit dem Jemand?« fragte Marion.

Biela sah erstaunt auf. »Aber niemand, Mutter! Es kann doch jemand unterwegs sein – wird es auch sein!«

Wieder stammte die Stube auf, knatterte der Donner.

Marion war totenbleich geworden.

»Fehlt dir was, Mutter?« fragte Biela.

Marion atmete schwer auf und riß sich das Halstuch ab. »Der Atem versagt mir – ich will hinaus –.« Sie wankte der Tür zu.

Das Unwetter hatte sich rasch ausgetobt und löste sich in wohltätigen Regen auf.

Biela ergriff die Sorge um ihre Tiere draußen auf der Waldweide. Sie nahm ihren Stock, stülpte ein grobes Tuch über den Kopf und eilte dem Walde zu.

Ein erquickender Abend folgte, das Heu duftete so stark auf den Wiesen, der Wald leuchtete im sattesten Grün, und von den Bergen rauschten und sprangen die Wasser.

Biela fehlte noch beim Abendbrot.

»Hat sich vielleicht a Stückl verlauf'n während dem Gewitt'r,« meinte die Bärbl, als Marion neue Besorgnisse äußerte. »Was soll ihr denn g'schehn sein? Als ob Räuber im Land wär'n!«

Als aber die Schatten schon herabsanken über den Hof, da hielt es Marion nicht länger.

Tiefe Dämmerung herrschte schon im Walde, nur die Stämme der Buchen leuchteten ringsum. Einer vor allen, früher stand er in enger Gemeinschaft mit Fichten und Tannen, jetzt aber war rings gelichtet, – die alte Buche, bis tief zu Boden senkte sie ihre nassen, triefenden Äste.

Magnetisch zog es sie dahin. Was doch die Phantasie vermag, eine alte, treue Erinnerung, – als ob sich was regte darunter, – eine Gestalt – der Atem stockte ihr. Vorsichtig, wie ein Jäger, trat sie auf. Es regte sich aber wirklich etwas im tiefen Schatten. Noch näher! – jetzt ging es nicht weiter – die Blöße begann – ein Mann – nicht allein – das Herz pochte – ein Geflüster. – Jetzt löste es sich, – kam auf sie zu. Ein Paar, dicht verschlungen. Wie ein Schleier zog es herauf vor ihren Augen.

»Biela!« schrie sie auf.

Da hielt das Paar erschrocken.

Sie wankte darauf zu, ein Mann mit einem schwarzen Schlapphute auf dem Kopfe, mit blondlockigem Bart, – den Arm um Bielas Nacken gelegt – Ambros!

Da lag schon Biela an ihrem Halse.

»Mutterl, er is kommen, übers Meer is er kommen. Ja, freust du dich denn nicht? Sie freut sich ja, Ambros,« wandte sie sich dann in voller Erregung an den Mann. »Sie kann es nur nicht gleich so sagen vor Überraschung, nicht wahr, Mutterl?«

Der Mann stand regungslos, er hatte den schwarzen Hut abgenommen und blickte auf Marion. Da reichte sie ihm die Hand, drückte sie fest. »Sei uns willkommen in der Heimat,« ihre Stimme zitterte aber stark.

»Die wir aufgehoben haben für ihn, nicht wahr, Mutter? Nur für ihn! Du hast's ja oft gesagt, und jetzt bist so still?«

»Wie kommt es, Ambros, daß ihr grad' unter der Buch' euch getroffen?«

Es klang ein Vorwurf aus dem dunklen, unsicheren Tone der Stimme.

»Grad' zusammengetroffen sind wir darunter, nicht wahr, Ambros?« übernahm Biela die rasche Antwort, »wir haben schon einmal das Glück. Weißt du denn auch, warum er gekommen? Mich zu holen nach Amerika, – als seine Frau!«

Über Marions Antlitz zuckte ein jäher Schmerz. »Nicht erschrecken, Mutter, es ist ja nicht sein Ernst,« tröstete Biela. Doch Marion hörte nicht mehr auf sie. »Und warum bleibst du nicht hier auf dem Hofe?« fragte sie Ambros, der noch kein Wort gesprochen.

»Ich habe drüben ein kleines Eigentum erworben.«

»Hier ist dein Eigentum, – der Lawinerhof, – niemand soll dich darin stören, verlaß dich darauf. Jetzt komm, du wirst ihn nicht schlechter finden.« Sie ging voraus, festen Schrittes.

In der Stube am offenen Fenster stand die Bärbl und horchte in die Nacht hinaus. Es war ihr selbst so seltsam zumute – und Mutter und Tochter so lange aus.

Da kam Marion herein. »Der Lawiner ist wieder da, komm ihm entgegen,« sagte sie trocken und trat in das Haus.

Bärbl verstand nicht, – aber Tritte hörte sie; noch jemand nahte aus dem Dunkel, zwei sogar. »Biela!« rief sie.

»Bin's schon, Großmutter, und noch wer.«

Die Füße zitterten Bärbl. »Noch wer, der Lawiner?« Sie wollte die Tür öffnen, entgegengehen, da ging sie schon auf – Biela – ein Mann – ein blonder, großer Mann – Ambros!

»Ja, Bärbl, der Ambros!«

Da fiel sie vor ihm nieder und umklammerte schluchzend seine Knie. »Kannst mir vergeben, Ambros?«

Er hob sie auf. »Bärbl! I bin net kommen, um zu vergelten, – um zu sühnen bin i kommen!« Ambros sah in dem alten Raume umher und atmete tief auf, dann ergriff er die beiden Hände Bielas und sah sie lange an beim Lampenscheine. »Wie du der Mutter gleich siehst, da setz' dich her!«

Er setzte sich auf die Bank vor dem großen Ahorntisch. »Bring ein' Roten und - und -« er suchte nach einem Ausdruck, »die - Marion soll kommen!« Dabei verwendete er keinen Blick von dem Mädchen an seiner Seite.

Bärbl wußte alles. Ihr altes Herz jubelte auf. Das war die einzige Lösung.

Marion kam. Jetzt begrüßte sie ihn erst herzlich, kein Zug ihres Antlitzes verriet innere Erregung. Ambros war ein schöner Mann geworden. Ein freies, arbeitsvolles Leben hatte ihn eher verjüngt, und die Rede floß ihm so leicht von den Lippen, so gar nicht lawinerisch. Und was er alles zu erzählen wußte, Buntes, Lustiges und Trauriges - und Biela hing an seinem Munde. - Er erzählte nunmehr für sie.

Marion stand auf und folgte Bärbl in die Küche.

Ambros schien es nicht zu bemerken, so lebhaft erzählte er weiter, so hing sein Blick an Biela.

Marion sah lange hinein auf das Paar. Sie sah, wie ihre Hände sich fanden, wie ihre Augen sich ganz ineinander verloren. Bärbl winkte ihr noch vom Herde aus verschmitzt zu -, dann - wußte sie selber nicht, wie es gekommen, auch Bärbl hatte es nicht beobachtet - das selige Paar fuhr erschreckt von einem dumpfen Falle auf, - draußen in der Küche.

Als Biela hinauseilte, lag die Mutter am Boden, neben dem Herde. Ihre Angst- und Hilferufe hallten durch das ganze Haus.

»Die Mutter hatte den ganzen Tag an solchem Angstgefühl gelitten,« meinte die Bärbl.

Der herbeigeeilte junge Arzt konstatierte einen lähmungsartigen Zustand des Herzens, der schon wieder in der Hebung begriffen sei, ob denn die Frau einen plötzlichen argen Schrecken erlitten?

»Im Gegenteil,« erklärte die verzweifelte Biela, »eine große Freude.«

Der Arzt lächelte selbstbewußt. Das käme wohl auf eins heraus, bis morgen sei alles wieder in Ordnung.

Eine schlimme Nacht folgte. Ambros und Biela wichen nicht von dem Lager der Kranken.

Sie phantasierte in einem fort von einem grünen Wagen, der die Landstraße herabgekommen, sie abzuholen, spielte mit Selim, dem Löwen, beschwor dem Lawiner die Unschuld seines Sohnes und sprach die seltsamsten Dinge von einer Buche.

Ambros litt unsäglich. Ihre Worte trafen ihn wie glühende Pfeile, Bilder wurden heraufbeschworen, die sein Innerstes erschütterten, und auch Biela ahnte aus dem Verworrenen die klare Wahrheit.

Am dritten Tage war es überwunden. Aus einem schweren Schlafe erwachend, rieb sie sich die Stirn, das Auge blickte nicht mehr im Fieber, sondern ruhte völlig klar auf Biela und Ambros vor ihrem Bett.

»Nur das eine sagt mir,« begann sie, »bin ich wirklich fortgewesen mit dem grünen Wagen und wieder zurückgekommen – oder – oder –?«

»Fortgewesen bist du, weit, weit fort – wohin kein grüner Wagen fährt,« erklärte Ambros, ihre Hand fassend, »und jetzt bist du wieder da und bleibst da bei deinen Kindern, die dich nimmer fortlassen, und wenn alle grünen Wagen der Welt kämen, dich zu holen.«

Da knieten sie beide vor ihr, Biela und Ambros, wie sie es tausendmal gesehen in ihren Gedanken, – und das arme, kranke Herz zuckte nicht mehr auf in jähem Schmerz – gerade ein bißchen schneller ging es, und das machte die Lieb' und die Freud'. Es war überwunden. Segnend legte sie die Hände auf die Scheitel ihrer Kinder. Die Lösung war geschehen, der Lawiner selber hätte sich's nicht besser denken können.

Die Nachricht von der Rückkehr des Ambros und seiner Verlobung mit Biela erregte ungeteilte Freude. Daß es da noch einmal was Besonderes absetzen würde, war jedem klar. Aber das Besondere ließ man sich schon gefallen.

Der Amerikaner, wie der Ambros sofort getauft wurde, ließ sich vortrefflich an und brachte einen neuen Geist in das Tal, welcher seinem Spitznamen nur Ehre machte.

Neues Leben ging aus vom Lawinerhof, ein neuer, kräftiger Stamm, der jetzt das ganze Tal beherrscht.

Auf der Sölden, an der Stelle, an welcher Ambros die Fremde aus dem Schnee gegraben, steht eine Denktafel. Der ganze Vorgang ist darauf in kindlich-naiver Weise abgebildet, darunter die Jahreszahl 12. Januar 1854, von den dankbaren Kindern und Enkeln errichtet zum ewigen Gedächtnis, an Ambros Enmoser, zum Lawiner. *O Wanderer, schließ ihn und die er hier gerettet, ein in dein fromm' Gebet.*

Über tredition

Eigenes Buch veröffentlichen

tredition wurde 2006 in Hamburg gegründet und hat seither mehrere tausend Buchtitel veröffentlicht. Autoren veröffentlichen in wenigen leichten Schritten gedruckte Bücher, e-Books und audio-Books. tredition hat das Ziel, die beste und fairste Veröffentlichungsmöglichkeit für Autoren zu bieten.

tredition wurde mit der Erkenntnis gegründet, dass nur etwa jedes 200. bei Verlagen eingereichte Manuskript veröffentlicht wird. Dabei hat jedes Buch seinen Markt, also seine Leser. tredition sorgt dafür, dass für jedes Buch die Leserschaft auch erreicht wird.

Im einzigartigen Literatur-Netzwerk von tredition bieten zahlreiche Literatur-Partner (das sind Lektoren, Übersetzer, Hörbuchsprecher und Illustratoren) ihre Dienstleistung an, um Manuskripte zu verbessern oder die Vielfalt zu erhöhen. Autoren vereinbaren direkt mit den Literatur-Partnern die Konditionen ihrer Zusammenarbeit und partizipieren gemeinsam am Erfolg des Buches.

Das gesamte Verlagsprogramm von tredition ist bei allen stationären Buchhandlungen und Online-Buchhändlern wie z. B. Amazon erhältlich. e-Books stehen bei den führenden Online-Portalen (z. B. iBookstore von Apple oder Kindle von Amazon) zum Verkauf.

Einfach leicht ein Buch veröffentlichen: **www.tredition.de**

Eigene Buchreihe oder eigenen Verlag gründen

Seit 2009 bietet tredition sein Verlagskonzept auch als sogenanntes "White-Label" an. Das bedeutet, dass andere Unternehmen, Institutionen und Personen risikofrei und unkompliziert selbst zum Herausgeber von Büchern und Buchreihen unter eigener Marke werden können. tredition übernimmt dabei das komplette Herstellungs- und Distributionsrisiko.

Zahlreiche Zeitschriften-, Zeitungs- und Buchverlage, Universitäten, Forschungseinrichtungen u.v.m. nutzen diese Dienstleistung von tredition, um unter eigener Marke ohne Risiko Bücher zu verlegen.

Alle Informationen im Internet: **www.tredition.de/fuer-verlage**

tredition wurde mit mehreren Innovationspreisen ausgezeichnet, u. a. mit dem Webfuture Award und dem Innovationspreis der Buch Digitale.

tredition ist Mitglied im Börsenverein des Deutschen Buchhandels.

Dieses Werk elektronisch lesen

Dieses Werk ist Teil der Gutenberg-DE Edition DVD. Diese enthält das komplette Archiv des Projekt Gutenberg-DE. Die DVD ist im Internet erhältlich auf **http://gutenbergshop.abc.de**

Zeitfracht Medien GmbH
Ferdinand-Jühlke-Straße 7
99095 Erfurt, Deutschland
produktsicherheit@kolibri360.de